Karl Vilheim Wahlund

Brendans Seefahrt

Eine altfranzösische Prosaübersetzung

Karl Vilheim Wahlund

Brendans Seefahrt
Eine altfranzösische Prosaübersetzung

ISBN/EAN: 9783743485815

Hergestellt in Europa, USA, Kanada, Australien, Japan

Cover: Foto ©Andreas Hilbeck / pixelio.de

Karl Vilheim Wahlund

Brendans Seefahrt

BRENDANS SEEFAHRT.

EINE ALTFRANZÖSISCHE PROSAÜBERSETZUNG

AUS DEM XII./XIII. JAHRHUNDERT.

NEBST DEM LATEINISCHEN ORIGINAL

ZUM DRUCK BEFÖRDERT

VON

CARL WAHLUND.

*Sonderabzug bestimmt für die öffentlichen Vorlesungen
im Herbstsemester 1891.*

UPSALA.
ALMQVIST & WIKSELLS BOKTRYCKERI-AKTIEBOLAG.
1891.

Incipit vita sancti Brendani abbatis.

1. Sanctus Brendanus, filius Finlocha, nepotis
Althi de genere Eogeni, [ex]*) Stagnile, regione Mumen-
sium, ortus fuit. Hic erat vir magne abstinentie et
in virtutibus clarus, triumque fere millium pater fuit
monachorum.   5

2. Cum esset in suo certamine, in loco qui dicitur
,saltus virtutum Brendani‘, contigit ut quidam patrum
ad illum quodam vespere venisset, nomine Barintus, nepos
Neil (regis), cumque interrogaretur (multis sermonibus) a predicto sancto patre, cepit lacrymari et se prosternere in ter- 10
ram et diutius permanere in orationibus; sed sanctus Brendanus erexit illum de terra et osculatus est illum dicens:
,Pater, cur tristiciam habemus in adventu tuo? Nonne
ad consolacionem nostram venisti? Magis leticiam tu
debes fratribus preparare. Indica**) nobis verbum Dei 15
atque refice animas nostras de diversis miraculis que vidisti
in oceano‘. Tunc sanctus Barintus (expletis his sermonibus)
cepit narrare de quadam insula dicens: ,Filiolus meus Mer-
nocus, procurator pauperum Christi, confugit a facie mea
et voluit esse solitarius invenitque insulam juxta montem 20

*) *Pariserhandschr. 5371:* ex u. s. w.; *die Präposition fehlt in
den drei von* Jubinal *benutzten Handschriften.*
**) *Pariserhandschr. 3784:* Propter Deum indica u. s. w.

De saint Brandainne le moine.

1. **B**randainnes fu uns sains hom fils Synloca nies
d'Alty de le lignie Eogeni · et fu nes de le region Stanile *)
des Mumensijens · Cius Brandainnes estoit hons de grant abs-
tinenche et nobles en uertus · et fu peres ennaises de trois
mile moignes.   5

2. **C**om il fust en sen oratoyre ou liu qui est dis
Li lande des vertus Brandainne · Il auint que uns abbes uint
a lui a le vespree · **Q**ui estoit Barintes apieles nies
Neil · Com il fust demaudes dou deuant dit saint pere ·
Cis Barintes commencha a plourer et se coucha a terre · 10
et demoura longhement en orisons · **M**ais sains Brandains   le   leua   de   terre · et   le   baisa   si   dist ·
Bials pere pour coi auons nous tristeche en te uenue · **E**nne
venistes vous a no *cons*[ol]ation **) · **T**u nous dois miex
esleechier que courechier · Demoustre nous le parolle diu · 15
et refai nos ames des diuers miracles que tu as veus
en le mer · **D**ont commencha a dire sains Barintes
a saint Brandain d'une isle et dist · **M**es fils Mernoc pourneeres des poures ihū crist · se departi de deuant mi
et iestres curieus · **Il** trouua une isle dales le mont 20

   *) *Handschr.* ſtamle.
   **) *Handschr.* ꝯſation.

lapidis, et nomen ei ‚insula deliciosa‘. Post multum (vero) temporis nunciatum est michi, quod plures monachos secum haberet et Deus multa miracula per illum ostendisset. Itaque perrexi illuc visitare filiolum meum; cumque appropinquassem iter trium dierum, 5 in occursum meum festinavit cum fratribus suis: revelaverat enim Dominus illi adventum meum. Navigantibus (enim) nobis in predictam insulam processerunt obviam sicut examen apum ex diversis cellulis fratres; erat enim habitacio eorum sparsa, tamen unanimiter illorum conversa- 10 cio in spe, fide et charitate (fundata) erat: una refectio ad opus Dei perficiendum una ecclesia est. Nichil aliud cibi ministrabatur illis nisi poma et nuces atque radices et cetera genera herbarum. Fratres post completorium singuli in suis cellulis usque ad gallorum cantus 15 seu campane pulsum permanserunt. Dum (autem) ego et filiolus meus perambularemus totam insulam, duxit (ipse) me ad littus maris contra occidentem ubi erat navicula (pusilla) et dixit michi: ‚Pater, ascende [in]*) navem et navigemus contra occidentalem (plagam) ad insulam que di- 20 citur ‚terra repromissionis sanctorum‘, quam Deus daturus est successoribus nostris in novissimo tempore‘. (Ascendentibus igitur navim nobis et) navigare incipientibus nebule cooperuerunt nos undique in tantum ut vix potuissemus pupim aut proram navis videre. Transacto qua- 25 si (unius hore) spatio circumfulsit nos lux ingens et apparuit terra speciosa**) et herbosa pomiferaque valde. Cumque stetisset navis ad terram, descendimus nos et cepimus (nos) circumire et ambulare illam insulam per quindecim dies et non potuimus finem illius invenire. Nichil 30 (igitur) herbe vidimus sine flore et arborum sine fructu; lapides (enim) ipsius omnes preciosi generis sunt. Porro quinto decimo die invenimus fluvium vergentem ab orientali (parte) ad occidentem. Cum consideraremus hec omnia,

*) *Pariserhandschr. 15076:* i nauim *u. s. w.; die Präposition fehlt in den von* JUBINAL *benutzten Handschriften.*
**) *Pariserhandschr. 15076; die Hss. 5284, 5348, 5371, 6041 etc.:* spatiosa.

de piere · Qui est apielee par non isle delisieuse · Apries
une grant pieche de tans me fu nonchiet qu'il auoit pluiseurs
moignes auoec lui · Et que dex auoit demonstre molt
de miracles par lui · En tel maniere alai a lui pour visiter
men filluel · et com ie fuisse a trois iours pries de me uoie · 5
Il se hasta pour uenir encontre mi atout ses freres · Car
nostre sires li auoit renele men auenement · En [255ʳb] trues
que nous nagiemes en l'isle deuant dite · li frere uinrent
encontre nous de diuerses maisonceles aussi comme compaignies de es · Car li habitacious d'iaus estoit esparse · Neque- 10
denques li conuersions de chiaus estoit une en esperanche
en foi et en carite une refections est a parfaire l'ueure diu
en vne eglise · Nule chose de uiande part n'est a iaus ami-
nistree fors que pun et nois et rachines et toutes autres manieres d'erbes · Li frere demeurent apries complie chascuns 15
en se petite maison dusques as cos cantaus · ou dusques a-
pries le cloke · Entrues que iou et mes filleus aliemes par
toute l'isle · il me mena au riuage de le mer encontre occident · ou estoit une naciele et dist*) a mi · Bials peres
entrons en celu nef · et nanions contre occident · et 20
a l'isle qui est dite terre de promission des sains
que dex donra a nos successeurs ou daerrain tans · Dont com-
menchames a nauijer · et nues nous couurirent tot entour ·
En tel maniere c'a painnes peusmes nous vir le coron deuant
de no nef ne chelui derriere · Quant li espasse fu aussi que 25
trespasse · dont luisi entour nous une grans clartes · et nous
apparut vne terre biele et herbouse portant moult**) de puns ·
***)Quant nos nes fu arrinee a terre nous descendimes · et com-
mencames a auironner et a aler par · xv · iours en cele isle · et n'en peusmes fin trouuer · Nous ne veismes nule cho- 30
se d'erbe sains fleur ne d'arbres sains fruit · les pieres toutes de cele isle sont de precieuse maniere · Mais
au quinsime iour trouuasmes nous · i · flueue tournant d'o-
rient a occident · Dont considerames toutes ces choses et

---

*) JUBINAL liest: dist: — «Ami bials pères, u. s. w.
**) Handschr. ml't; vgl. S. 13, Z. 30: moult (in der Handschr.).
Auch JUBINAL hat hier: moult.
***) Anfang eines neuen Stückes in der Handschr.

dubium nobis erat quid agere deberemus. Placuit (itaque) nobis transire fluvium, sed expectavimus Dei consilium. Cum hec exposuissemus inter nos, subito apparuit (nobis) quidam vir cum magno splendore coram nobis, qui statim propriis nominibus nos appellavit atque salutavit 5 dicens: ,Euge, boni fratres! Dominus (enim) revelavit vobis istam terram quam daturus est (sanctis) suis. Est (enim) medietas insule istius usque ad istud flumen: vobis non licet transire ulterius, revertimini (ergo) unde venistis'. Cum hec dixisset, interrogavi eum unde esset aut quo no- 10 mine vocaretur. Qui dixit (michi): ,Cur interrogas unde sim aut quomodo vocer? Cur non pocius interrogas de ista insula? (Nam) sicut vides illam modo, ita ab initio mundi permanet. Indigesne aliquid cibi aut potus sive vestimenti? Unus annus (enim) es in hac insula et non indi- 15 guisti cibo aut potu; nunquam fuisti oppressus somno, nec nox te cooperuit. Dies namque est semper sine ulla cecitate tenebrarum hic, dominus noster (Jhesus Christus) lux ipsius est'.

Confestim inchoavimus iter et ille vir predictus nobis- 20 cum venit usque ad littus ubi erat navicula nostra. Ascendentibus (autem) nobis [in]*) navim raptus est vir ille ab oculis nostris, et venimus (nos) ad predictam caliginem ad insulam deliciosam. At ubi fratres nos viderunt, exultabant exultacione magna de adventu nostro 25 et plorabant de absentia nostra multo tempore dicentes: ,Cur, patres, dimisistis oves vestras sine pastore in ista silva errantes? Novimus (autem) abbatem nostrum frequenter a nobis discedere in aliquam partem, nescimus in qua, (et ibidem) demorari aliquando**) duas ebdoma- 30 das aut unam vel plus minusve'. Cum hec audissem, cepi illos confortare dicens: ,Nolite, fratres, putare aliquid nisi bonum. Vestra conversacio procul dubio est ante portam paradisi: hic prope est insula que vocatur ,terra repromis-

---

*) *Leipzigerhandschr. 844:* in *(vgl.* SCHRÖDER, *S. 4, Z. 32);* die Präposition fehlt in den von JUBINAL benutzten Handschriften.
**) JUBINAL und SCHRÖDER: aliquando unum mensem, aliquando u. s. w.

nous doutames que nous deuiemes faire · Il nous pleut a
trespasser le flueue Mais nous atendimes le conseil diu ·
Come nous eusmes espose ces choses entre nous · Vns hom
plains de grant clarte s'apparut soudainnement deuant
nous ki nous [255ᵛ a] apiela esrant par nos propres nons 5
et salua et dist · Les queles boin frere nostre sires vous
a demoustre ceste terre · Le quele il donra as siens · Li
moities de ceste isle est dusques a che flueue · Il ne
vous loist mie passer outre · Retornes dont vous issistes ·
Quant il eut chou dit il demanda dont il estoit · et com- 10
ment il auoit a non · Qui dist · Pour coi demandes tu dont
ie sui ne comment ie sui apieles · pour coi ne demandes
tu auchois de ceste isle · Ensi que tu le vois maintenant
en tel maniere dou commenchement · as tu besoing d'auchune viande ne de boire ne de vestir · Tu as este ·ı· an en 15
ceste isle · et n'as gouste de nule viande ne de nul boire · tu ne fus onques apresses *) de dormir ne nus ne te
couuri onques · Car li iours est adies ci sains nule oscurte de tenebres · Nostre sires est lumiere de cele isle ·
)Errant que li hons eut chou dit nous aqueillimes*) no 20
voie · et cis hom deuant dis ala deuant nous dusques au
riuage · ou no nachiele estoit · Dont montasmes en no nachiele et cis hom†) nous est rauis de no veue · Et ve-
nismes a l'oscurte deuant dite a l'isle delicieuse · Mais
quant no frere nous virent il furent esleechie molt de no 25
venue · et plouroient de no absense par lonc tans et disent ·
O vous pere por coi aues laissie nos brebis sans paistre
esrans en ceste selue · Nous seumes que nos abbes se de-
partoit molt souuent en auchune partie · Mais nous ne sauons en quele il demouroit a le fie ·ıı· semainnes ou v- 30
ne ou plus · ou mains · Com il eurent chou dit · je les commenchai a comforter et dire · Biau frere ne voellies mie auchune fie cuidier fors que bien vo fins est deuant le porte
de paradys · La est li isle qui est apielee terre de promis-

---

*) Handschr. apffes; JUBINAL liest: apensses.
**) Anfang eines neuen Stückes in der Handschr.
***) Handschr. aqillimes; JUBINAL liest: anqillimes. Vgl. S. 17, †††).
†) Handschr. hö.

sionis sanctorum', ubi nec nox imminet nec dies finitur;
illamque frequentat (abbas) Mernoc. Angeli (enim) Dei cu-
stodiunt illam: nonne cognoscitis in odore vestimentorum
nostrorum quod in paradiso Dei fuimus'? Tunc responderunt
fratres dicentes: ,Abba, novimus quia fuistis in paradiso 5
Dei, nam (sepe) fragrantiam*) vestimentorum abbatis (nostri)
quadraginta dierum spatio (inde revertentis) probavimus
redolentem'. (Quibus ergo dixi:) ,Illic ego mansi duas eb-
domadas cum filiolo meo sine cibo et potu: in tantum
enim sacietatem corporalem habuimus ut (ab aliis) vide- 10
remur repleti musto. Post (vero) quadraginta dies, accepta
benedictione fratrum et abbatis, reversus sum cum sociis
meis ut redirem ad cellulam meam ad quam iturus sum
cras'. His auditis sanctus Brendanus cum omni congregacione sua prostravit se ad terram glorificantes (Deum) atque 15
dicentes: ,Justus est Dominus in omnibus viis suis et sanctus in omnibus operibus suis qui revelavit servis suis
tanta et talia mirabilia, et benedictus (in donis suis) qui
hodie nos refecit spirituali gustu'. His finitis sermonibus
dixit sanctus Brendanus: ,Eamus ad refectionem corporis 20
et ad mandatum novum'. Transacta autem illa nocte et
accepta benedictione fratrum ad cellam suam sanctus Barintus perrexit.

3. Igitur sanctus Brendanus de omni congregacione
sua elegit (bis) septem fratres; conclusit se in uno oratorio 25
cum illis et locutus est ad eos dicens: Combellatores mei
amantissimi, consilium et adjutorium a vobis postulo, quia
cor meum et omnes cogitaciones mee conglutinate sunt in
unam voluntatem: tantum, si voluntas Dei est, terram de
qua locutus est pater Barintus ,repromissionis sanctorum' 30

---

*) JUBINAL: per fragrantiam vestimentorum abbatis nostri pro-
bavimus quod pene usque ad quadraginta dies nares nostre tene-
bantur odore.

sion des sains · La n'est nuis onques ne iours n'i fine
onques · cheli ante Mernoc · Li angele diu wardent cheli · Enne connissies vous en l'oudeur de nos *) nestemens
que nous fumes em paradys diu · [255ᵛ b] Dont respondirent
li frere et disent Siro abbes nous auons sent que vous fus- 5
tes ou paradys diu · Car nous auons espronne le flaireur
des vestemens l'abbe · Qui estoit tenue **) dusque a · xl · iours
de l'oudeur · Je demourai la · ii · semainnes auoecques men
filleul sains boire et sains maugier · Car nous eusmes
tant de soelement corporel que nous estiemes veu plain 10
de moust · Apries · xl · ***) iour quant nous eusmes rechut
beneichon de no frere & no abbe · je retornai et mi compaignon aussi pour aler a m'isle · ou iou deuoie l'endemain
aler · Ces choses en tel maniere †) sains Brandains · et
toute se congregations s'agenoullierent a terre · et en 15
glorefiant disent · Nostre sires est iustes ††) en toutes
ses voies & sains en toutes ses œures ki a renelet a ses
siergans tant de merueilles & teles · et soit beneis qui
nous a refait hui de l'espirituel goust · Ces parolles fines
sains Brandains dist alons a le refections de no cors · 20
et au mandement nouuiel · Quant cille nuis fu passee · et
il eut prise le beneichon des freres · Sains Barintes ala
a se maison.

3. †††) Apries chou esliut sains Brandains · vii ·
des Freres de se congregation et entrerent en · i · oratore · 25
Il et Li autre · vii · frere · Si parla a iaus et dist · Mi
frere mi ami ie requier a uous aide de conseil · Car mes
cuers et toutes mes pensees sont assanlees en vne uolente · en tant est li volentes de diu · Jou ai pourpense en
men cuer a querre le tierre de le promission des sains 30

*) Handschr. nos.
**) JUBINAL liest: venue.
***) Handschr. (und auch JUBINAL): cl; die lat. Hss. · xl · oder
ausgeschrieben: quadraginta.
†) Sc. oïes; vgl. fol. 265ʳ b: Le quel chose oie.
††) Handschr. (und auch JUBINAL): viftes statt: iuftes (= iustes).
†††) Auch in der Handschr. Anfang eines neuen Stückes.

in corde meo proposui querere. Quid vobis videtur aut
quod consilium michi vultis dare'? Illi (vero) agnita
sancti patris voluntate quasi uno ore dicunt omnes:
„Abba, voluntas tua (ipsa) est (et) nostra. Nonne parentes nostros dimisimus, nonne hereditatem nostram de- 5
speximus et corpora nostra tradidimus in manus tuas? Itaque parati sumus sive ad mortem sive ad vitam tecum ire:
unum tantum est ut queramus Dei voluntatem'. Definivit
ergo sanctus Brendanus et hi qui cum eo erant jejunium
quadraginta dierum semper per triduanas agere et postea 10
proficisci. Transactis jam quadraginta diebus et salutatis
fratribus ac commendatis preposito monasterii (sui) qui fuit
postea successor in eodem loco, profectus est contra occidentalem (plagam) cum quatuordecim fratribus ad insulam
cujusdam sancti patris nomine Aende: ibi demoratus est 15
tribus diebus et tribus noctibus.

4. Post hec accepta benedictione sancti patris et
omnium monachorum qui cum eo erant, profectus est in
ultimam partem regionis sue, ubi demorabantur parentes
ejus. Attamen noluit illos videre, sed in cujusdam 20
summitate montis extendentis se longe in oceanum, in loco
qui dicitur „sedes Brendani', fixit tentorium suum, ubi erat
introitus unius navis. Sanctus Brendanus et qui cum eo
erant acceptis ferramentis fecerunt naviculam levissimam,
costatam et columnatam ex vimine *), sicut mos est in illis 25
partibus, et cooperuerunt eam coriis bovinis ac rubricatis in
cortice roborina linieruntque foris omnes juncturas pellium
ex butiro et miserunt duas paraturas navis de aliis coriis
intus in navim et dispendia quadraginta dierum et butirum
ad pelles preparandas ad cooperimentum navis et cetera 30
utensilia que ad usum vite humane pertinent. Sanctus Bren-

*) *Ed.* Schröder *und Hs. 15076:* ex silva, *statt:* ex vimine.

de le quele li abbes Barintes parla que vous en saulle ore ·
et quel conseil me uoles donner · Cil conurent le uolente
dou saint pere · et respondirent tos tans que d'une bouke ·
Sire uo volentes est nostre · En*) auons nous laissie [256ᵉ a]
nos peres et nos meres et nos hiretages auons**) despites · 5
et nos cors auons donnes en uos mains · En tel maniere sommes nous apparillie d'aler auoec ti soit a mort ou a vie ·
Vne chose est tant seulement que nous querons le uolente de
diu · Dont ordenerent sains Brandains et tout cil qui auoec
Lui estoient a juner · xl · iours adies · et le deuoient faire 10
trois iours en le semainne · et puis leur uoie aler ·
Quant li · xl · iour furent trespasse · et li frere furent
salue et commande au prouuost de l'abbeie · Qui fu
apries ses successeres en che meisme liu · Dont ala uers occident atout · xiiii · ***) freres a l'isle d'nu saint pere · Qui 15
est apieles Aende · La demoura par trois iours & par trois nuis.

4. Apries prist le beneichon dou saint pere et
de tous les moiugnes qui estoient auoec lui · et ala en
le daerrainne partie de se region · ou ses peres et se mere
demouroient · et nequedenques ne les ualt nient veir · 20
Mais en le hauteche d'une montaigne qui s'estent lonc en
le mer ou liu qui est apieles Bramdain†) fika se tente ou
estoit li entree d'une nef. Sains Brandaius et cil qui estoient
auoec lui prisent ferremens · et fisent une nachiele treslegiere
costue · et a coulombes de dehors††) · si com il est coustume 25
en ces parties · et le couurirent de cuirs de bues tanes en
escorche de caisne · et oiusent les iointures des piaus
de bure · Et misent · ii · autres apparillures d'autre cuir
en le nef · et uiure de · xl · iours · et bure a apparillier
les piaus · Qui deuoient couurir le nef · et toutes autres 30
choses pourfitables a l'usage de uie humainne · Sains Bran-

---

*) Statt: Enno? Vgl. S. 15, Z. 20, etc.
**) Handschr. anouf.
***) JUBINAL: à tous. XIIII.
†) Handschr. bramdain.
††) Ursprünglich: coulombes de hors (Hürden)? Vgl. lat. ex
vimine.

danus fratribus suis precepit in nomine Patris et Filii et
Spiritus sancti intrare [in]*) navim.

5.   Cumque ille (solus) stetisset in littore et benedixisset portum,
ecce tres fratres supervenerunt de suo monasterio post illum 5
qui statim ceciderunt ante pedes sancti patris dicentes:
‚Pater carissime, dimitte nos tecum ire quo iturus es:
alioquin moriemur in isto loco fame (et siti). Decrevimus
(enim) peregrinari omnibus diebus vite nostre'. Cum vir
Dei vidisset illorum angustiam, precepit illis intrare [in]*) 10
navim dicens: ‚Fiat voluntas vestra, filioli'. Et addidit:
‚Scio quomodo vos venistis: iste frater bonum opus operatus est, nam Deus preparavit sibi aptissimum locum, vobis
(autem) preparavit deterrimum judicium'.

6.   Ascendit sanctus Brendanus in navem extensisque 15
velis ceperunt navigare contra solsticium estivale. Habebant
(autem) prosperum ventum nichilque eis opus fuit navigare
nisi vela tenere. Post quindecim (vero) dies cessavit ventus
et ceperunt navigare usque dum vires eorum deficerent. Tunc
sanctus Brendanus cepit illos confortare atque admonere 20
dicens: ‚Fratres, nolite formidare: Deus enim noster (nobis)
adjutor est, et nauta et gubernator. Mittite intus omnes
remiges et gubernacula, tantum dimittite vela extensa
et faciat Deus sicut vult de servis suis et de sua navi.'
Reficiebant (autem semper) ad vesperum et aliquando ven- 25
tum habebant, tamen ignorabant ex qua parte veniebat
aut in quam partem ferebatur navis. Consummatis (autem
jam) quadraginta diebus et omnibus dispendiis que ad victum pertinebant consumptis, apparuit eis quedam insula
ex parte septentrionali valde saxosa et alta. Cum (autem) 30
appropinquassent ad litus illius, viderunt ripam altis-
simam sicut murum et diversos rivulos descendentes
de summitate insule fluentes in mare: tamen minime potue-

---

*) *Die Präposition fehlt in den von* Jubinal *benutzten Handschriften.*

dains commanda ses freres entrer en le nef · ou non
le pere et le fil et le saint esperit.

5. *) Quant il furent entre en le nef · et comme
sains Brandains fust el [256ʳ b] riuage · et eust benei le port ·
Dont uinrent troi frere de s'abbeie apries lui qui errant 5
chairent as pies le saint pere et disent · Biax peres lai
nous aler auoec ti ou tu dois aler · ou se chou non nous
de fain morrons en che liu chi · Nous auons propose a a-
ler en pelerinaige tous Les iours de no uie · Quant li
hom diu eut neu l'angoisse d'iaus · il leur commanda en- 10
trer en le nef et dist · ml filleul vo volentes soit faite ·
et auoeques dist · Je sai comment vous uenistes · Cis freres a fait bonne oeure · Car nostre sires li a apparillie
boin liu · A vous a il apparillie cruel iugement.

6. Sains Brandains entra en le nef et commenchierent 15
a nagier a voile estendu encontre miedi · Il auoient boin
uent ne n'auoient mestier de nagier fors de tenir les
voiles · Apries · xv · iours leur cessa li vens · et commenchierent a nagier tant k'il ne peurent plus · Dont leur commencha sains Brandains a comforter a amonester et 20
dire · Biax frere ne voellies mie resoignier Car dius est nos
aidieres et nos notonniers · et nos gouuereneres · Metes ens
tous vos nauirons · et laissies le gouurenail tant seulement
les voiles tendus et dex fache ensi com il veut de ses siergans et de se nef · Il estoient refait a le uespree · et a- 25
uoient auchune fie vent · Mais nequedenques il ne sauoient
dont il venoit · ne en quel part leur nes estoit portee ·
Qnant li · xl · iour furent passe et il eurent tout despendu
chou que pertenoit **) a leur uiure · il leur apparut vne isle
deuers septemtrion moult plainne de pieres et haute · Quant 30
il uinrent au riuage de cele isle il virent une riue molt
haute · aussi comme ***) mur · et diuers ruissaus descendans
dou sommeron de cele isle et couroient en le mer · Nequedenques

*) Auch in der Handschr. Anfang eines neuen Stückes.
**) JUBINAL schreibt: partenoit. Vgl. fol.260ʳ a, Z. 1: apertenoit, etc.
***) JUBINAL: com; vgl. S. 15 **).

runt invenire portum ubi staret navis. Fratres (enim)
vexati erant valde fame et siti, singuli (vero) acceperunt (vasa) ut aliquid de aqua possent sumere.

Sanctus Brendanus cum hec vidisset
dixit: ,Nolite hoc facere! Stultum est (enim) quod agi- 5
tis, quando Deus non vult nobis ostendere portum intrandi,
et vultis facere rapinam? Dominus Jesus Christus post
tres dies ostendet servis suis portum et locum manendi
ut reficiantur corpora vexatorum'. Cum (autem) circuis-
sent per tres dies illam insulam, tercia die circa horam 10
nonam invenerunt portum ubi erat aditus unius navis et
statim surrexit sanctus Brendanus et benedixit introitum.
Erat (namque) petra incisa ex utraque parte mire altitudinis
sicut murus. Cum (vero) omnes descendissent de navi et
stetissent in terra, precepit sanctus Brendanus ut ni- 15
chil de supellectili tollerent de navi. Porro ambulanti-
bus per ripas maris occurrit illis canis per quandam se-
mitam et venit ad pedes sancti Brendani, sicut solent
canes (venire) ad pedes dominorum suorum. Tunc sanctus
Brendanus dixit fratribus suis: ,Nonne bonum nuntium do- 20
navit nobis Deus? Sequimini eum'. Et secuti sunt (fratres)
canem usque ad oppidum.

7. Intrantes (autem) [in] *) oppidum viderunt
aulam magnam ac stratam lectulis et sedibus aquamque
ad pedes lavandos. Cum (autem) resedissent, precepit san- 25
ctus Brendanus sociis suis dicens: ,Cavete, fratres,
ne Sathanas perducat vos in temptacionem: Video (enim
illum) suadentem uni ex tribus fratribus qui post nos venerunt de nostro monasterio de furto pessimo. Orate pro
anima ejus, nam caro tradita est in potestatem Sathane'. 30
Illa (autem) domus in qua residebant erat quasi inserta

---

*) Die Präposition fehlt bei JUBINAL.

ne peurent tronuer pour chou *) li nes s'arestast · Li frere
es[256ᵛ a]toient molt tranillie de fain et de soif · Li un et
li autre prisent en tel maniere k'il peussent auchune chose
prendre de cele eue · Sains Brandains quant il ent chou neu
dist · Ne noellies mie chou faire · C'est sotie que vous fai- 5
tes quant dex ne nous velt demostrer port d'entrer · et voles faire rauine · Nostre sires ihc cris demousterra Apries
trois iours a ses desciples port et liu de demourer · et
seront no cors refait de choses resoignies · Quant il eurent
ale par trois iours en cele isle il trouuerent au tierch 10
iour a l'eure de nanne port ou estoit li voie d'une nef · et
errant se leua sains Brandains et benei l'entree · Vne piere entaillie d'une part et d'autre de tresgrande grandeche
estoit la aussi comme murs · Quant il furent tout de le nef ·
et fuissent en le terre · Sains Brandains leur commanda 15
k'il don harnas de le nef n'ostaissent nient · Mais entrues
k'il aloient par les riues de le mer · vns chiens vint encontre iaus par vne sente · et uint as pies saint Brandain aussi comme **) li chien suelent as pies de leur signors · Dont
dist sains Brandains a ses freres · En nous a dius donne 20
boin message ensiuonle ou k'il voist · et siuirent le chien
dusques au chastel.

7. ***) Dont entrerent en ·I· chastel · et uirent
une grande sale · et plainne de lis et de sieges · et eue
a lauer les pies · Com il fuissent assis sains Brandains 25
commanda a ses compaignons et dist · Wardes vous biau frere
que li dyables ne vous maint †) en temptation · Je voi
·I· des trois freres de no abbeie qui vinrent apries nous
enortant de tresmaluais larrechin · Prijes pour s'arme ·
Car se chars est donnee en le poissanche de l'anemi · Li 30
maisons en le quele il demouroient estoit tout entour aussi

---

*) Jubinal: pour ch'où. Vielleicht hatte die Vorlage der
Handschr. port ou, welches dann der Kopist als porcou (= pour
chou) gelesen; vgl. im lat. Text: portum nbi.
**) Jubinal: com.
***) Auch in der Handschr. Anfang eines neuen Stückes.
†) Jubinal liest: maine.

(per parietes) in circuitu de appendentibus vasculis diver-
si generis metalli frenisque et cornibus circumdatis argento.
Tunc sanctus Brendanus dixit ministro suo qui solebat
panem apponere fratribus: ‚Fer prandium quod nobis Deus
misit‘. Qui statim surrexit invenitque mensam positam et 5
linteamina et panes (singulos) miri candoris (et pisces).
Cum allata fuissent omnia, benedixit sanctus Brendanus
prandium et dixit fratribus: ‚Qui dat escam omni carni,
confitemini Deo celi‘. Residebant igitur fratres et magnifica-
bant Deum. Similiter et potum quantum volebant sumebant.*) 10
Finita (jam) cena et opere Dei finito, dixit predictus vir:
‚Requiescite: ecce singuli lecti bene strati, opus est
vobis ut repausetis membris vestris ex nimio labore
(fatigatis) navigii (nostri)‘. Cum (autem) fratres obdor-
missent, vidit sanctus Brendanus opus diaboli: infantem 15
ethyopem habentem frenum in manu et jocantem ante fratrem
predictum. Statim sanctus Brendanus surrexit et cepit
orare pernoctans usque ad diem. Mane (vero jam facto)
cum fratres ad opus Dei festinassent et iter egissent ad navim, ecce apparuit mensa (parata) sicut pridie: ita per tres 20
dies et per tres noctes preparavit Deus prandium servis
suis. Post hec sanctus Brendanus cum sociis suis cepit
iter agere et fratribus dicere:
   ‚Videte ne aliquis ex vobis aliquid de sub-
stantia istius insule tollat secum‘. At illi omnes responderunt: 25
‚Absit, pater, ut aliquis iter nostrum furto violet‘.
Tunc sanctus Brendanus dixit: ‚Ecce frater noster quem

*) Ed. Schröder und Hs. 15076: inveniebant, statt: sumebant.

que toute aornee des vaissians pend*us* qui estoi*e*nt de diuerse maniere de metal de frai*n*s de cornes sourarge*n*tees*) ·
Dont dist sai*n*s Brandai*n*s a se*n* si*er*gant [256ᵛ b] qui soloit
le pain metre deuant ses freres · porte le mangier q*ue* dex
nous a [e]*n*uoie**) qui se leua mai*n*tenant et trou*n*a le table   5
mise et le nape et le pain blanc · Quant toutes ces choses
fure*n*t***) · Sai*n*s Brandai*n*s benei le mangier · et dist as
freres · Souuig*n*e vous dou di*n* dou chi*e*l · Qui do*n*ne viande a toute gent humai*n*ne · Dont s'asisent li frere · et loe-
rent di*n* & aussi f[i]sent†) le boire tant qu'il peurent · 10
Quant li††) maugiers fu fines · et li oeure di*n* parfaite ·
Se dist sai*n*s Brandai*n*s reposes *vous* vees ichi chascun lit
molt bie*n* apparillie · Il vous est besoi*n*g q*ue* vous reposes
vos me*n*bres dou g*r*ant tra*n*ail de na*n*ijer. †††) Co*m*me li frere
dormissent · Sai*n*s Brandai*n*s vit l'ueure le dyable · et u*n* 15
ethyopijen aiant · I · frai*n* en se main · et iuant deuant le frere
deuant dit · Maintenant se leua sai*n*s Brandai*n*s et *commen*cha
a aorer et demourer en orisons dusques au iour a la matinee
q*u*ant li frere s'apparillaissent au si*er*uiche di*n* · & apries
alaissent a le nef · Dont apparut v*n*e taule aussi que le iour 20
deuant · En tel maniere apparilla par trois iours et par
trois *n*uis nostre sires le mangier a ses si*er*gans · Apries chou
sai*n*s Brandai*n*s et li frere aq*u*eillirent ¹) leur uoie et dist as
freres · Warde*s* q*u*e nus de vous n'enporche ²) auchu*n*e sus-
tanche auoec Lui de ceste isle · Mais tout cil respondirent · 25
Ja *n*'auigne q*ue* auch*n*ns de *n*ous corrompe se voie ³) p*ar*
larrechi*n* · Dont dist sai*n*s Brandai*n*s nees ichi le frere q*ue*

---

*) *Handschr.* (*und* JUBINAL) *hier zwei Wörter:* four argetees.
**) *In der Handschrift, in Folge eines Fleckchens:* a ̄uoie.
***) *Sc.* aportees; *rgl. S. 31 & 33:* Quant ces choses chi furent
ensi aportees (*lat.* Allatis itaque omnibus). *Vgl. auch S. 22 & 23, Z. 10.*
†) *Handschr. undeutlich;* JUBINAL: fuissent le boire.
††) *In der Handschr. hier ein Fleck, über den li ron moderner*
Hand geschrieben ist.
†††) *Anfang eines neuen Stückes in der Handschr.*
¹) *Handschr.* aqillirent; JUBINAL *liest:* anqillirent.
²) JUBINAL: n'en porche; *rgl. S. 25, Z. 12; fol.* 265ᵛbᵐ.
³) JUBINAL: vois.

predixi vobis (heri), habet frenum argenteum in sino suo quod hac nocte dedit ei diabolus'. Cum hec audisset predictus frater, jactavit frenum de sino suo et cecidit ante pedes sancti viri dicens: ‚Pater, peccavi! Ignosce et ora pro anima mea, ne pereat'. Confestim omnes simul pro- 5 sternebant se ad terram deprecantes Dominum pro anima fratris. Elevantes (autem) se fratres a terra elevatoque fratre a predicto sancto patre, ecce viderunt ethyopem parvulum salire de sinu illius, et ululantem voce magna ac dicentem: ‚Cur me, vir Dei, jactas de mea habitacione in 10 qua habitavi septem annis et facis me alienari ab hereditate mea'? Ad hanc vocem sanctus Brendanus dixit: ‚Precipio tibi in nomine Domini Jhesu Christi ut nullum hominem ledas usque in diem judicii'. Et conversus ad (predictum) fratrem dixit: ‚Sume corpus et sanguinem Domini, 15 quia anima tua modo egredietur de corpore tuo et hic habebis locum sepulture. En frater tuus qui venit tecum de monasterio in inferno habebit locum sepulture'. Itaque accepta eucharistia anima fratris egressa est de corpore et suscepta est ab angelis lucis, videntibus fratribus. Corpus vero 20 ejus conditum est in eodem loco. Igitur fratres cum sancto Brendano venerunt ad litus ejusdem insule ubi erat navis. Ascendentibus autem illis [in]*) navim occurrit illis portans cophinum plenum panibus et amphoram aque plenam, qui dixit illis: ‚Sumite benedictionem de manu servi vestri. 25

---

*) *Die Präposition fehlt in den von* Schröder *benutzten Handschriften und in Pariserhandschr. 15076.*

ie uous dis il a le frain d'argent en sen sain que li dyables
li*) donna anuit · Quant li freres denant dis ent oi ces choses il ieta le frain de sen **) sain et chai denant les pies
dou saint homme et dist · Biax peres j'ai pekie pardonne Le
me · et prie pour m'arme ***) qu'ele ne perisse · Erranment que   5
il eut chou dit se couchierent a terre et prijerent [257ᕴa] pour
l'arme ****) dou frere · Li frere esleuant iaus de terre · et li
freres denant dis esleues dou saint pere denant dit virent
donkes · ɪ · ethyopijen petit saillir de sen sain · et uslant a
haute vois et disant · Od tu hom diu pour coi me boutes tu 10
hors de men habitation ou iou ai habite · vɪɪ · ans · et me fais
estraigne de men hyretage · A cele vois dist sains Brandains ·
Ie te †) commande ou non nostre signor ihú crist que tu ne
faches mal a nul homme ††) dusques au iour dou iugement · Et
dont ala au frere et dist prent le cors et le sauc nostre †††) 15
signour · Car t'ame se departira de ten cors · et aras chi
liu de sepulture · Ellas tes freres qui vint auoec ti de l'abbeie a eu infier ††††) liu de sepulture · Quant il eut pris
le cors ¹) diu · li ame dou frere est issue de sen cors · et fu
prise des angeles voiant les freres · Li cors de lui est 20
enfouis en che liu meisme · ²) Dont vinrent li frere auoec
saint Brandain ³) au riuage de cele isle ou li nes estoit ·
Si monterent en le nef · et uns jouenenchiaus portans · ɪ ·
cuerbison plain de pain et une bure ⁴) plainne d'eue uint encontre iaus · Qui dist · prendes beneichon des mains de no sief · 25

*) Jubinal: lui.
**) Jubinal: son.
***) Jubinal: ame statt: arme.
****) Jubinal: por l'ame; Handschr. p̄.
†) In der Handschr. hier ein Fleck, über den te ron moderner
Hand geschrieben ist.
††) Jubinal liest: hommes.
†††) Handschr. nͬe; Jubinal: notre. So auch S. 25, Z. 25.
††††) Jubinal liest: à ennifier.
¹) Jubinal: corps.
²) Anfang eines neuen Stückes in der Handschr.
³) Jubinal: sains Brandains.
⁴) Jubinal: buire.

Restat enim vobis longum iter usque dum inveniatis consolacionem. Tamen non deficiet vobis panis neque aqua (ab
isto die) usque in pascha'. Accepta (autem) benedictione ceperunt navigare in oceanum, semper per biduanas reficientes.
Et (ita) per diversa loca oceani ferebatur navis. 5

8. Quadam die viderunt insulam non longe, et cum
cepissent navigare ad illam, subvenit illis prosper ventus,
ut non laborassent plus quam vires poterant sustinere. Cum
(autem) navis stetisset in portu, precepit vir (Dei) omnes
exire de navi, ipse autem egressus est post illos. Cir- 10
cumeuntes insulam viderunt aquas largissimas manare ex
diversis fontibus plenas piscibus. Dixitque sanctus Brendanus
fratribus suis: ,Faciamus hic opus divinum, et sacrificemus
Deo agnum immaculatum quia hodie est cena Domini'. Et
ibi manserunt usque in sabatum sanctum pasche. Invene- 15
runt (etiam) ibi diversos greges ovium unius coloris, id est
albi, ita ut non possent terram videre pre multitudine
ovium. Convocatis (autem) fratribus sanctus Brendanus dixit illis: ,Accipite que sunt necessaria ad diem festum de
grege'. Illi (autem) acceperunt de grege unam ovem et 20
cum illam ligassent per cornua, sequebatur illa quasi
domestica illum qui tenebat ligaturam (in manu sua usque ad locum ubi stetit vir Dei). At ille: ,Accipite,
inquit, unum agnum immaculatum. Qui cum viri Dei manda-
ta complessent, paraverunt omnia ad opus diei crastine. 25
Et ecce apparuit illis vir portans sportellam plenam panibus subcinericiis et alia necessaria victui. Cum hec
posuisset ante virum Dei, cecidit pronus ante faciem suam
tribus vicibus ad pedes sancti patris dicens:
,Unde 30
hoc meis meritis, o margarita Dei, ut pascaris in istis sanctis diebus de labore manuum mearum'? Sanctus Brendanus

Car longhe voie vous est a uenir dusques adont que vous troune-
res *consolation* · Nequedenkes ne vous faurra pains ne eue dusques en le pasque · Quant il eurent pris beneichon il *commen*-
chiereut a nagier en le mer · et estoient refait adies par ·11·
iours · et leur nes estoit portee ia *par* diuers lius de le mer. 5

8. ·1· iour virent une isle ne mie louc · et com
il commenchaissent a nagier a cheli · propres vens leur vint
pour chou qu'il ne labouraissent outre lor forches · Comme li nes fust arestec au port · Li hom commanda a tous
issir de le nef · et il issi apriés iaus de le nef · Il ale- 10
rent entour l'isle · et virent eues grans acourre *) [257ᵣb] de
diuerses fontainnes plainnes de pissons et sains Brandains
dist a ses freres · Faisons chi oeure deuine · et sacretions
a diu un aigniel tout blanch · Car li cainne nostre signour
est · et demourerent la dusques ou saint samedi de pasques· 15
Il trouuerent la diuers fous **) de brebis d'une couleur c'est
de blanch · En tel maniere que li terre ne peust estre veue
por le multitude des brebis · Sains Brandains apiela les freres · et dist prendes ***) dou fouc †) chou que besoins est au
iour de le feste · Il prisent dou fouc †) une brebis · et 20
quant il l'eurent loie par les cornes · ele ††) ensiuoit
le trache de chelui qui le menoit · aussi que s'ele fust
priuee · Sains Brandains dist · prendes ·1· aigniel tout
blanch · Com il eussent empli les commandemens de l'homme diu · Il apparillierent toutes les choses au iour de l'en- 25
demain · Et dont apparut a iaus uns hom portans une cuer-
bille plainne de pain cuit en cendres · et autres choses neccessaires †††) a uiure · Com l'eust mis deuant l'omme diu ·
il chai enclins deuant se face · par trois fies as pies don
saint pere et dist · O margherite de diu de coi est chou 30
est chou par merites miues · que tu ies peus en ces sains
iours de le labeur de mes mains · Sains Brandains

*) Jubinal: acconrro.
**) Jubinal: diversce fons.
***) Jubinal: prendees.
†) Jubinal: fonc.
††) Jubinal: ello.
†††) Jubinal: nécessaircs; *so auch S. 23 †).*

relevato eo de terra et dato osculo dixit: ‚Fili, Dominus noster Jhesus Christus providit nobis locum ubi pos-
simus celebrare suam sanctam resurrectionem'. Cui ait predictus (vir): ‚Pater, hic celebrabitis istud sabatum sanctum,
vigilias (vero) et missam cras in illa insula quam modo vide- 5
tis, proposuit vobis Deus celebrare *)suam resurrectionem.
Cum hec dixisset, cepit obsequium famulorum Dei facere et
omnia que necessaria erant in crastinum preparare.
                                                    Al-
latis (autem) ad navim copiis, dixit vir ad sanctum Brenda- 10
num: ‚Vestra navicula non potest amplius portare: ego vobis
transmittam post octo dies que vobis necessaria erunt de cibo
et potu usque in pentecostem'. Sanctus Brendanus dixit:
‚Unde nosti ubi erimus post octo dies'? Cui ait: ‚Hac nocte eritis in illa insula quam vos videtis prope, et cras 15
usque in sextam horam. Postea navigabitis usque ad illam insulam que est non longe ab ista contra occidentalem
(plagam) que vocatur ‚paradisus avium'. Ibique manebitis usque ad octavas pentecostes'. Interrogabat (quoque) sanctus
Brendanus illum, quomodo potuissent oves esse tam magne 20
sicut ibi vise sunt. Erant (enim) majores quam boves. Cui ille dixit: ‚Nemo colligit lac de ovibus in hac insula, nec
hiemps destringit illas, sed in pascuis semper commorantur
et ideo majores sunt hic quam in vestris regionibus'. Profecti sunt ad navim et ceperunt navigare data vicissim be- 25
nedictione.

9.   Cum (autem) appropinquassent ad illam insulam stetit navis, antequam portum illius potuissent tenere.

*) Vgl. C. Steinweg, Die Handschriftl. Gestaltungen der lat.
Navigatio Brendani, Halle a S. 1891, S. 11—13.

dist · quant il eut *) chelui releue de terre et baisiet · Biaus
fils nostre sires ihc cris nous a pouruen · I · liu ou nous
poons celebrer se sainte resurrexion a cui li deuant dis
dist · Biaus peres vous celeberres chi che saint samedi
vegilles et messe en cele isle que vous vees maintenant. 5
diex uous **) a pourneut de celebrer se sainte surrexion . ***)
Quant il eut chou dit il commencha le seruiche des sergans
diu a faire · et toutes les choses qui estoient neccessaires †)
a l'endemain a apparillier · Quant habondanches de choses
furent a le nef aportees · li hom dist a saint Brandain · ††) 10
uos nes n'eu puet plus porter · [257ᵛ a] Je nous envoierai
apries · VIII · iours chou que besoins vous iert de mangier
et de boire dusques a le pentecouste · Sains Brandains dist ·
De coi ses tu ou nous serons apries · VIII · iors · A cui il
respondi · En ceste nuit seres vous en cele isle que vous 15
vees pries et demain dusques a miedi · Apries nauieres a cele isle qui n'est mie lonc de cesti encontre occident · Qui
est apielee †††) paradys annum ¹) · et demouerres la dusques as octaues de pentecouste · Sains Brandains demanda
chelni comment par quel maniere les brebis pooient estre si 20
grandes qu'eles ²) sont veues la · Eles estoient plus grandes
de bues a cui chius dist · Nus ne prent le lait de ces brebis
en ceste isle · ne yuiers ne les destraint · Mais eles demeurent adies es pastures · et por chou sont eles plus grandes
qu'en uos regions · il aualerent a leur nef et commenchie- 25
rent a nagier quant il eurent donne li uns l'autre beneichon.

9. quant il furent aproismie a cele isle · li nes
aresta denant chou k'il ³) peussent tenir le port de cele isle ·

*) JUBINAL: cust.
**) JUBINAL: nous.
***) JUBINAL: surrecxion.
†) JUBINAL: néccessaires.
††) JUBINAL: à sains Brandains.
†††) JUBINAL: appelée.
¹) JUBINAL, in einem Worte: Paradysannum.
²) Handschr. q̃les; JUBINAL liest: qu'elles.
³) JUBINAL: et il; Handschr. kil.

Sanctus (autem) vir precepit fratribus in mare descendere et
tenere navem ex utraque parte cum funibus, donec ad portum
veniret. Erat (autem) illa insula petrosa (sine herba): silva
rara erat ibi et in littore illius nichil harene fuit. (Porro) fratribus in orationibus (deforis) pernoctantibus, vir Dei 5
solus remanserat (intus): sciebat enim qualis erat illa
insula, settamen noluit indicare fratribus ne terreri (po-
tius) potuissent. Mane (autem) facto precepit sacerdotibus
ut singuli missas cantassent,
et ita fecerunt. Cum (et ipse) sanctus Brendanus in navi 10
missam cantasset, exportaverunt carnes crudas fratres de navi, ut comederent illas sale, et pisces quos secum tulerant
de alia insula posueruntque cacabum super ignem. Cum (autem) ministrassent ligna igni, et fervere cepisset cacabus, cepit

illa insula se movere sicut unda. Fratres (vero) cucurrerunt
ad navem, patrocinium sancti patris deprecantes. Pater (autem) singulos illos (per manus) intus in navem traxit, reli-
ctisque omnibus delatis in insula illa, navim solverunt ut ab-
irent. Porro illa insula mersit se in oceanum Jamque potue- 20
rant ignem ardentem ultra duo videre miliaria, et sanctus
Brendanus ita fratribus cepit exponere quid hoc esset: ‚Fratres, admiramini quid fecit hec insula‘? Ajunt: ‚Admiramur
valde et ingens pavor penetravit nos‘. Qui dixit ad illos:
‚Filioli, nolite expavescere: Deus enim revelavit michi (hac 25
nocte per visionem) sacramentum hujus rei. Insula non est
ubi fuimus, sed piscis, prior omnium natancium in oceano,
et querit semper ut suam caudam jungat capiti suo, et non
potest pre longitudine.

Li sains hom commanda a ses freres descendre en mer · et
tenir le nef de toutes pars*) par cordes · dusqu'adont k'il
venissent au port · Cele isle estoit perilleuse · et uns petis
bos i estoit · et on riuage de cheli n'auoit point de grauie-
le · Entrues que li frere demouroient en orisons · Li hom diu 5
estoit demoures tons seus · Car il sauoit com faite **) cele
isle estoit · nequedenques ne le valt demoustrer as freres
qu'il ne peussent estre espoente · Quant che vint a le matinee as prestres il commanda que chascun cantaissent messes ·
et ensi fisent ***) · Comme sains Brandains eut cantee †) le 10
messe en le nef · Li frere metoient hors les chars crues de
le nef por saler et les pissons qu'il emporterent auoec ians
de l'autre isle · et misent · I · cauderon sour le feu · Quant
il eurent mis de [257ᵛb] le laigne ††) ou feu · et li cauderons commencha a escaufer · Cele isle se commencha a mou- 15
uoir aussi comme eue · Li frere coururent a le nef · et
quisent aide dou saint pere · Li sains peres traioit chascun †††) de chiaus dedens le nef · et laissierent en cele isle
quanqu'il auoient aporte · et desloioient le nef por en a-
ler · Mais cele isle tornoit en le mer · Et ne peurent vir 20
le feu ardant outre deus liues · et sains Brandains commencha en tel maniere a esposer a ses freres que che fu · Bials
freres vous esmernillies que ceste isle fist il disent · Nous
esmeruillons molt et eusmes grant paour · Qui dist a ians ·
mi filluel ne vous voellies ¹) mie espauenter · Car nostre 25
sires a reuele a mi le secre de ceste chose · Che n'est mie
isle ou nous auons este mais uns pissons · Li premiers de
tous les piscons ²) noans en le mer · et quiert tos tans k'il
aioingne adies se kene a se teste · et ne le puet pour le

---

*) JUBINAL: parts.
**) *Handschr.* cō-faite.
***) JUBINAL: fissent.
†) JUBINAL: canté.
††) JUBINAL: mis do l'aignele ou feu. *Die Handschr. hatte ur-*
sprünglich: de le laigne; *nun aber, wie* JUBINAL *will:* de ⌐le⌐ laigne⌐.
†††) JUBINAL: chascuns.
¹) JUBINAL: voeilliés.
²) JUBINAL: pissons.

Qui habet nomen Jasconius.

10. Cum (autem) navigassent juxta insulam ubi per triduum fuerant antea, et venissent ad summitatem illius, contra
occidentem viderunt aliam insulam prope sibi junctam, inter-
veniente freto non magno, herbosam valde et nemorosam ple- 5
namque floribus. Et ceperunt querere portum (per circuitum)
insule. Sed navigantes contra meridianam (plagam) ejusdem
insule invenerunt rivulum vergentem in mare, ubi navim terre
applicuerunt. Exeuntibus autem fratribus de navi jussit vir
sanctus ut (ipsam) navem contra alveum fluminis funibus 10
traherent. Erat (autem) tante latitudinis flumen quante
erat navis. Traxerunt (ergo) navem unius spacio miliarii,
donec ad fontem venirent ejusdem fluminis, sancto viro in-

tus sedente. Considerans (autem) sanctus pater dixit: ‚Ecce 15
Dominus noster Jhesus Christus dedit nobis locum ad manen-
dum in sua sancta resurrectione‘. Et addidit: ‚Si non habuis-
semus alia stipendia, sufficeret nobis, ut credo, ad victum
et potum fons iste‘. Super ipsum fontem (autem) erat arbor
ingens mire latitudinis (in gyrum), sed non magne altitu- 20
dinis, cooperta avibus candidissimis, in tantum ut rami e-
jus et folia minime viderentur. Cum hec vidisset vir Dei,
cepit intra se cogitare quidnam esset aut que causa fuisset quod tanta multitudo (avium)
potuisset esse in una collectione. Que res tantum viro Dei 25
tedium genuit ut (etiam) lacrimas fundendo (provolutis geni-
bus) Dominum precaretur dicens: ‚Deus cognitor incognito-
rum et absconditorum revelator, tu scis angustiam cordis mei:
ideo precor te ut michi peccatori digneris per tuam mise-
ricordiam revelare tuum secretum quod modo video pre ocu- 30

le grant longeche · Et qui a a no*n* Jaconi*us*.

10. Quant il eurent nagie dales l'isle ou il estoient
trois iors par deuant et venissent a le fin de cheli contre
occident · Il virent une autre isle iointe pres d'iaus her-
bue · et venoit li mers entre deus ne mie grande et plainne 5
de bos et de fleurs · Dont conmenchierent a *q*uerre le port
de l'isle · Mais il nagierent vers miedi de cele isle et trouuerent ·I· ruissiel qui venoit en le mer ou il ariuerent
leur nef · *)Dont issirent li frere de le nef · et li sains
hom leur *com*manda k'il traisissent le nef par cordes contre 10
le chancl dou flueue · Li flueues estoit de si grant largeche de *com* grande li nes estoit · Il traisent le nef l'espasse**) d'une liue · dusqu'adont k'il vinrent a le fontainne
de che flueue · et entrues estoit li sains hom [258ʳa] par
deuens · Li sains peres *con*siderans dist · Ves chi***) nostre 15
sires ih*c* cris nous a do*n*ne ·I· liu de manoir en se sainte
resurrexion · Et dist encore · Se nous n'eussiens eus autres
auuis · Ciste fontainne si *com* ie croi†) nous souffiroit††)
a mangier et boire · Sour cele fontainne estoit uns arbres
de meruilleuse largeche · Mais n'estoit mie de haute gran- 20
deche couuierte de tant de blans oysiaus por chou que li rain
de chelui · et les fuelles ne fuissent veues · Quant li hom
diu eut chou veu il *com*menscha a penser en lui meismes · Que
seroige ne q*ue*l chose poroige estre que si grande assanlee
peust estre en une collection. Li q*ue*l chose mist l'omme 25
diu en si grant†††) anui qu'il depria diu emplourant[1]) et
dist · Sire dex *con*nissieres des choses nient *con*nutes
et reueleres de choses repuses · tu ses l'angoisse de men cuer ·
Pour chou te prie iou q*ue* tu par te grande misericorde adai-
gnes a moi pecheur reueler ten secre · que ie voi maintenant 30

---

*) *Anfang eines neuen Stückes in der Handschr.*
**) Jubinal: l'espaco.
***) *Handschr.* Vef chi.
†) Jubinal: si com jo lo croi.
††) Jubinal: sousfiroit.
†††) Jubinal: grand.
[1]) Jubinal *hier zwei Wörter:* em plourant; *Handschr.* em-plourant.

lis meis. Non hoc (autem) dignitatis proprie merito, sed tue clemencie respectu presumo'.

Hiis dictis, ecce una ex illis avibus volavit de arbore; sonabant (autem) ale ejus sicut tintinabula contra navem ubi vir Dei sedebat. Que cum sedisset in summitate prore, 5 cepit alas extendere quasi signo leticie et placido vultu aspicere sanctum patrem (Brendanum). Tunc vir Dei intelligens quia Deus recordatus esset ejus deprecationem, ait ad avem: ,Si nuncius Dei es, narra michi unde sint aves iste aut pro qua re illarum col- 10 lectio hic sit'. Que statim ait:

,Nos sumus de magna illa ruina antiqui hostis, sed non peccando aut consentiendo sumus lapsi; nam ubi sumus creati, per lapsum istius cum suis satellitibus contigit nostra ruina. 15

Deus autem noster justus est et verax; suo judicio misit nos in istum locum. Penas non sustinemus. Presentiam Dei (ex parte) non videre possumus, tantum alienavit a consortio illorum qui steterunt. Vagamur per diversas partes (hujus seculi), aeris et firmamenti et terrarum sicut (et) alii 20 spiritus qui mittuntur. Sed in sanctis diebus atque dominicis accipimus corpora talia qualia tu vides, et commoramur hic et laudamus creatorem nostrum. Tu (autem) cum fratribus tuis habes unum annum in itinere et adhuc restant sex. Ubi hodie celebrasti pascha, ibi omni anno celebrabis, et postea 25 invenies que preposuisti in corde tuo, id est terram repromissionis sanctorum'. Cum hoc dixisset levavit se de prora illa avis et ad alias reversa est. Cum (autem) vespertina hora appropinquasset, ceperunt omnes aves quasi una voce cantare percutientes latera sua atque dicentes: ,Te decet 30 hymnus, Deus in Syon, et tibi reddetur

deuant mes iex · ne mie par le deserte de me propre digni-
te · Mais ie le prie par le reuuart de te deboinairete ·
Quant ces choses furent dites vns de ces oysiaus vola de l'arbre · et sonnoient ses eles si comme*) tambur contre le nef
ou li siers nostre signour**) seoit · Comme elle seoit ou co- 5
ron deuant de le nef · elle commencha a estendre ses eles
aussi que par signe de leeche · et a lie chiere reuuarder
le saint pere · Adont entendi li hom din que dex estoit ra-
menbres de se prijere · et dist a l'oisiel · Se tu ies mes-
sages din di me dont cist oysiel soient ou por quel chose 10
li assaulee de cheles soit chi · Li quele dist maintenant ·
***)Nous sommes de cele riue de [258ʳb] l'anchijen anemi ·
Mais nous ne pechames mie ains nous i consentimes · et la ou
nous fumes crie de la par le caiement dou premier anemi auoecques tous ses sergans vint no dechaiemens · Certes nostre †) 15
sires est iustes et vrais qui par sen iugement nous a enuoie
en che liu chi · Nous ne souffrons nule paiune · Mais le presen-
che diu ne poons nous veir tant nous a il entrechangie de le
compaignie des autres ki i furent nous alons par les diuerses
parties de l'air et dou firmament et de le terre aussi que li 20
autre esperite qui sont enuoiet · Mais es sains iours et es
dyemenches prendons tes cors que tu vois · et demourons chi
et loous no createur · Tu et ti frere ires · I · an et encore
t'en demeurent · VI · Ou tu as hui celebre le pasque la le ce-
lebraste chascun an · et apries troueraste chou que tu as 25
propose en ten cuer · C'est lo terre de le promission des
sains · Quant elle eut chou dit · Cis oysiaus s'esleua de le
nef · et retorna as autres oysiaus · Comme li eure dou vespre
fust aprochie · tout li oysiel commenchierent aussi ch'a ††)
vne uois a chanter · et feroient leur costes et disoient · Si- 30
re dex†††) afiet hyne a ti en Syon et a ti¹) sera rendus li

------

*) JUBINAL: com.
**) Handschr. sign⁻; JUBINAL: Signeur.
***) Anfang eines neuen Stückes in der Handschr.
†) JUBINAL: notre.
††) JUBINAL: c'hà.
†††) JUBINAL: Diex.
¹) JUBINAL: ty.

votum in Jherusalem'. Et semper reciprocabant predictum versiculum quasi per spacium unius hore, et videbatur illa modulatio et sonus (alarum) quasi carmen planctus pro suavitate. Tunc sanctus Brendanus dixit fratribus suis: ‚Reficite corpora vestra, quia (hodie) anime nostre divina refectione saciate sunt'. Finita (autem) cena p[er]actoque opere divino, vir Dei et qui cum eo erant dederunt corpora quieti usque ad tertiam vigiliam noctis. Evigilans vero vir Dei suscitavit fratres suos ad vigilias noctis (sancte) incipiens illum versiculum: ‚Domine, labia mea aperies'. Finita (autem) viri Dei sentencia omnes aves alis ore sonabant dicentes: ‚Laudate Dominum, omnes angeli ejus, laudate eum, omnes virtutes ejus'. Similiter ad vesperum per spacium unius hore (semper) cantabant. Cum (autem) aurora refulsisset, ceperunt cantare: ‚Et sit splendor Domini Dei nostri super nos', equali modulatione et longitudine psallendi sicut in matutinis laudibus. Similiter ad terciam horam versiculum istum: ‚Psallite Deo nostro, psallite regi nostro, (psallite) sapienter'. Ad sextam: ‚Illumina, Domine, vultum tuum super nos et miserere nostri'. Ad nonam (autem) psallebant: ‚Ecce quam bonum et quam jocundum habitare fratres in unum'. Ita die et nocte (aves) reddebant laudem Domino. Igitur sanctus Brendanus usque in octavum diem festivitatis paschalis reficiebat fratres suos. Consummatis itaque diebus festis dixit (sanctus Brendanus): ‚Accipiamus de isto fonte stipendia, quia usque modo non fuit nobis opus nisi ad manus aut pedes lavare. Hiis dictis, ecce predictus vir cum quo (antea) fuerunt triduo ante pascha, qui tribuit illis alimonia paschalia, venit ad illos cum sua navi, victu atque potu referta. Allatis itaque

vens *) en ihlrm · et adies recommenchoient che verset aussi
que par l'espasse d'une eure · et sanloit que cile acordanche
et cis sons fust aussi que chanchons de plaignement pour le
doucheur · Dont dist sains Brandains a ses freres · Refaites
vos cors de le viande humainne · Car nos ames sont soelees de 5
le deuine refection · Qnant li mangiers **) fu fines · et les
grasces rendues a diu · li hom diu et cil qui estoient auoec
lui alerent dormir dusque a mienuit · Dont s'esvilla li hom
diu et esvilla ses freres a mienuit · Et commencha che verset · Sire tu a on [258ᵛ a] nerras me bouche · Quant li hom diu 10
eut finee se sentense tout li oysiel rendoient grant son d'e-
les et de bouche · et disoient · Tout li angele diu loes vo
creeur et toutes les vertus loe le · et a viespres par l'espasse d'une eure cantoient · Et com il fu aiourne · il commenchierent a chanter · Li esplendisseurs nostre siguour 15
soit sour nous par yuel modulation · et demouroient en chan-
tant aussi †) comme il fisent es laudes ††) des matines · Et
a tierche cantoient aussi che verset · cantes cantes a no diu
cantes a no roi sagement · a miedi cantoient · Sire enlumine
ten viaire sour nous et aies merchi de nous · A nonne chan- 20
toient · Diex com bonne chose est · et com esbaniaule habiter
freres en vne chose · En tel maniere rendoient et iour et nuit
loenge a nostre signour · †††) En tel maniere refist sains Brandains ses freres tous les iors des octaues de pasques · Quant
li iour de feste furent en tel maniere fine il dist · pren- 25
dons de ceste fontainne chou que besoins nous est · Car dusques chi ne nous fu mestiers fors c'a lauer nos mains et nos
pies · Ces choses en tel maniere dites · Li hons deuant dis
auoec cui il furent trois iors deuant pasques · Qui leur donna le peutnre de pasques vint a iaus s'auoit se nef rekier- 30
kie de viande et de boire · Quant ces choses chi furent ensi

---

*) *Handschr.* vens; *der lat. Text:* votum; JUBINAL: vous.
Betreffend n *statt* u *vgl. unten,* ††), S. 33 *) u. s. w.

**) JUBINAL: mengiers.

†) JUBINAL: ansi.

††) *Handschr.* es laudes; *der lat. Text:* in .. laudibus; JUBI-
NAL: ès laudes.

†††) *Anfang eines neuen Stückes in der Handschr.*

omnibus de navi coram sancto patre locutus est ad illos vir Dei dicens: ,Viri fratres, ecce habetis sufficienter usque ad sanctam pentecostem, et nolite bibere de isto fonte: fortis namque est ad bibendum. Natura (enim) illius est talis: quisquis bibit ex eo, statim super eum sopor est et non 5 evigilat donec compleantur viginti quatuor hore. Dum (autem) a fonte manat foras, habet saporem aque et naturam'. Post hec verba, accepta benedictione sancti patris, reversus est in locum suum. Sanctus Brendanus mansit in eodem loco usque in pentecostem. Erat enim refocilliacio 10 illorum avium cantus. Die (vero) pentecostes, cum sanctus vir cum suis fratribus missam cantasset, venit illorum procurator portans omnia que ad opus diei festi erant necessaria. Cum (autem) simul discumberent ad prandium, locutus est ad illos vir idem dicens: 15 ,Restat vobis magnum iter. Accipite de isto fonte vestra vascula plena et panes siccos quos potestis servare in alium annum: ego vobis tribuam quantum vestra navis portare potest'. Cum (autem) hec perfinita essent, accepta benedictione reversus est in locum suum. Sanctus (itaque) Brenda- 20 nus post octo dies fecit navem onerari de omnibus que sibi tribuit predictus vir et de illo fonte omnia vascula impleri fecit.   Ductis (itaque) omnibus ad litus, ecce predicta avis cito volatu venit et resedit super proram navis. At vero vir sanctus quia aliquid sibi 25 vellet indicare cognoscens substitit. (Tunc) humana voce ait (predicta avis):   ,Nobiscum celebrastis diem sanctum pasche isto anno. Celebrabitis nobiscum ipsum diem et in futuro anno. Et ubi fuistis in anno preterito

aportees de le nef deuant le saint pere · Cis hom parla a iaus
et dist · O vous homme frere vous aues chi asses dusques a le
sainte pentecouste · et ne beues nient de l'eue de ceste fontainne · Car elle n'est mie a boire · Li nature de li est tele · Qui boit de li errant est si endormis · et ne s'esville- 5
ra dusqn'adontque · XXIIII · eures seront aemplies · Quant elle est courue hors de sen rin elle a le nature d'yane *) · a-
pries **) ces parolles quant il eut pris le beneichon dou saint
pere est reuenus en sen liu · ***) Sains Brandains demoura en
che liu a le pentecouste · Et li chans des oysiaus [258ᵛ b] es- 10
toit lor comfortemens †) · Le iour de pentecouste entrues que
li sains hom et si frere cantoient les messes vint leur procureres · et aportoit toutes les choses ki estoient neccassaires
au ior de le feste · Comme il furent · Cis hom fu ††) auoec †††)
les autres assis au mangier · Et il parla et dist · Grans 15
voie vous demeure a faire · prendes vos vaissiaus tous plains
de ceste fontainnes ¹) et pains ses cest bescuit que puissies
warder en l'autre en · Je vous donrai quanque vo nes pora
porter · Quant ces choses furent parfaites · et il eut rechut
beneichon il retorna en sen liu · Sains Brandains apries **) 20
· VIII · iors fist kierkier se nef de toutes les choses que li
hom deuant dis leur auoit donne · et de cele eue fist emplir
tous ses vaissiaus · Quant toutes les choses furent menees
au riuage · Dont vint li oysiaus de deuant tost auolant et
s'asist deuant en le nef · Mais li sains hom s'aresta · Car 25
connut bien qu'ele li voloit auchune demoustrer · Cele dist
a vois humaine · vous celeberres auoec nous le saint iour
de pasque · Et le feste de pasque · Qui est passee quant elle
reuenra celeberres Et ²) ou vous fustes en l'an qui est passes

---

*) *Handschr.* dyane; *der lat. Text:* aque; JUBINAL: d'yaue.
**) *Handschr.* aps; JUBINAL *liest:* Après.
***) *Anfang eines neuen Stückes in der Handschr.*
†) *Handschr.* 9fortemens; JUBINAL: confortemens. *Vgl. S. 7,*
Z. 52: S. 13, Z. 20, u. s. w.
††) fu *ist von* JUBINAL *ausgelassen.*
†††) JUBINAL: avec.
¹) JUBINAL: fontainne.
²) Et *ist auch von* JUBINAL *ausgelassen.*

in cena Domini, ibi eritis in anno futuro in predicta die.
Similiter noctem (dominicam) pasche
celebrabitis ubi (prius) celebrastis super dorsum Jasconii.
Invenietis quoque insulam post octo menses que vocatur („insula) familie Ailbey'. (Ibi celebrabitis nativitatem Domini.) 5
Cum hec dixisset, reversa est in locum suum. Fratres ceperunt extendere vela et navigare in oceanum, et aves cantabant quasi una voce: ,Exaudi nos, Deus salutaris noster,
spes omnium finium terre et in mari longe. Igitur sanctus
pater cum sua familia per equora oceani huc atque illuc 10
agitabatur: per tres menses nichil poterant videre nisi
celum et mare, reficiebantur autem (semper) per biduum
aut triduum.

11. Quadam (vero) die apparuit eis insula non longe.
Cum (autem) appropinquassent ad litus, traxit illos ventus 15
in partem, et ita per quadraginta dies per insule circuitum navigabant nec poterant portum invenire. Fratres (vero)
precati sunt Dominum (cum fletu) ut illis adjutorium presta-
ret: vires enim eorum pre nimia lassitudine pene defecerant.
Cum (autem) permansissent in crebris oracionibus per triduum 20
et in abstinencia, apparuit illis portus angustus, unius navis
tantum receptio, et duo fontes, unus turbidus et alter clarus.
Fratribus (autem) festinantibus ad hauriendam aquam, vir Dei
ad eos dixit: ,Filioli, nolite facere illicitam rem. Sine
licencia seniorum (qui sunt in hac insula) nichil sumatis; 25
tribuent enim vobis spontanee que vultis furtim auferre'.
Igitur descendentibus de navi et

a le cainne nostre signour · La seres vous en l'an qui est
a uenir ou iour deuant dit · Aussi celeberres vous chi le
nuit de pasque · ou vous le celebrastes sour le dos Jasconij ·
Et tronueres une isle apries · VIII · iours · Qui*) est apielee
familie Alibei · Quant**) elle eut chou dit elle retourna   5
en sen liu · Li frere commenchierent a tendre leur voiles et
a nagier en le mer · Et li oysiaus cantoit aussi ch'a***) une
vois · Sire dex ki ies nos sauueres et esperanche de toutes
les fins de le terre et de le mer essauche nous · †) Adont
estoit li sains hom et se maisnie demenes cha et La [259ᵃ] 10
par le grant mer · et par trois moys ne ne pooit ueir nule
chose fors ciel et terre · et estoient repeut par trois iors
et par · II ·

11.   Vn iour lor apparut une isle ne mie lonc · Com
il fuissent aproismie au riuage · Li vens les i auoit trais 15
em partie · Et nagoient ensi par · XL · iors tout entour l'isle · ne ne pooient port trouuer · Li frere prioient diu que
il leur pretast aiue ††) · Car leur forches leur estoient ennai-
se †††) faillies por le grant laste · Quant il eurent demoure
en orisons par trois iors et jeune · vns pors estrois leur 20
apparut ou il ne pooit eutrer c'une nef · Et · II · fontainnes ¹) tourblees de uens ²) et une autre clere · Quant li frere se hasterent pour prendre Le l'eue · Li hom diu dist ·
Biau fils ne voellies ³) mie faire chose que vous ne deues faire · ne prendes nule chose sains congie de uo souurain · 25
Car il vous donront de leur gre chou que vous voles prendre
larchiuensement · ⁴) Dont monterent cil frere en leur nes et

---

*) JUBINAL: cui.
**) JUBINAL: Quanqu'elle; *Handschr. nicht recht deutlich.*
***) *Vgl. S. 29 †).*
†) *Anfang eines neuen Stückes in der Handschr.*
††) JUBINAL: aide.
†††) JUBINAL *hier zwei Wörter:* en naise.
¹) JUBINAL: fontaines.
²) JUBINAL: vent.
³) JUBINAL: voeilliés; *vgl. S. 25, 1).*
⁴) *Anfang eines neuen Stückes in der Handschr.*

considerantibus qua parte ituri essent, (occurrit eis) senex
nimie gravitatis, capillis niveo colore et clara facie, qui
tribus vicibus se ad terram prostravit antequam oscularetur
virum Dei, ille et qui cum eo erant elevaverunt eum de
terra: osculantibus autem se invicem tenuit manum sancti 5
patris idem senex et ibat cum illo per spacium unius stadii, usque ad monasterium. Tunc sanctus Brendanus substitit ante portam monasterii et dixit se-
ni: ,Cujus est istud monasterium, aut quis preest ibi, vel
unde sunt qui commorantur ibi'? Itaque sanctus pater di- 10
versis sermonibus senem interrogabat et numquam poterat
ab illo ullum responsum accipere, sed tantum incredibili
mansuetudine manu silentium insinuabat, ut (autem) agnovit
       sanctus pater decretum loci
illius, fratres suos admonebat dicens: ,Custodite ora vestra 15
a locutionibus, ne polluantur isti fratres per scurrili-
tatem vestram'. Hiis dictis, ecce undecim fratres occur-
rerunt obviam cum cappis et crucibus et hymnis dicentes
istud capitulum: ,Surgite sancti de mansionibus vestris
et proficiscimini obviam veritati. Locum sanctificate, ple- 20
bem benedicite et nos, famulos vestros, in pace custodire
dignemini'. Finito (jam) hoc versiculo, pater monasterii
osculatus est sanctum Brendanum et suos socios per ordinem. Similiter et ejus famuli osculati sunt familiam sancti
viri. Data pace vicissim   25
duxerunt illos in monasterium, sicut mos est in occiden-
talibus partibus. Post hec abbas monasterii cum monachis
ceperunt lavare pedes hospitum et cantare (mandatum novum)*). Hiis finitis cum magno silencio duxit illos ad refectorium et pulsato signo lavatisque manibus fecit omnes 30

---

 *) *Hs.* 15076 etc.: et cantare istam antiphonam Mandatum
novum do vobis.

considererent quel part il deuoient aler · Vns hom viex plains
de trop grant griete blans de chauiaus et clere le fache qui
par trois fies se couqua a terre deuant chou k'il baisast
l'omme diu · Cius hom et cil qui estoient auoec lui le leuerent de terre · Et entrues que cil le baisoient · Li viels hom 5
tenoit le main dou saint homme · et aloit auoec lui par l'espasse d'une liue · aussi ch'a*) une abbeie · Dont aresta sains
Brandains deuant le porte de l'abbeie · et dist au viel homme · De cui est ceste abbeie · et qui i est souurains · et
dont sont chil qui i demeurent · En tel maniere demandoit li 10
sains peres le viel homme par diuerses parolles **) · et ne pooit onques auoir de lui nul respons · Mais tant demoustroit
par se main qui est [259ʳb] acoustumee chose de taisans ne
fait mie a croire · que li sains hom connut le secre dou
liu · et amonesta ses freres en disant · Wardes que vous 15
ne parles que cist frere ne soient cunchije par uos ***) parolles · Quant ces choses furent dites · dont viurent · xi ·
frere encontre iaus a capes et a crois et cantant et disoient che chapitiel · Vous saint homme leues de uos nations
et ales encontre verite · Saintefijes le liu · beneissies le 20
peule · En tel maniere que vous adaignies warder nous ki †)
sommes vo siergant · Quant cis verses fu fines · Li peres de
ceste abbeie baisa saint Brandain ††) et ses compaignons †††)
par ordene · Et aussi ¹) si sergant baisoient le maisnie dou
saint homme · Quant li pais fu donnee de l'un et de l'autre· 25
il les menerent en leur abbeie ensi que coustume est ens es
parties d'occident · Apries ²) ces choses li abbes de l'abbei-
e et si moigne commenchierent a lauer les pies de ses ostes
et a chanter · Quant che fu fait il les rechut a grant pais
au mangier apries ²) quant li cloque fu sonnee · et il eurent 30

---

*) JUBINAL: chà; vgl. S. 29 ††) und S. 35 ***): c'hà.
**) JUBINAL: paroles.
***) JUBINAL: nos.
†) JUBINAL: qui.
††) JUBINAL: sains Brandains; vgl. S. 19, ¹) und S. 23 ††).
†††) JUBINAL: compagnons.
¹) JUBINAL: ausi.
²) Handschr. aps, JUBINAL: après; vgl. S. 33 **).

residere.

Iterum pulsato signo surrexit unus ex fratribus monasterii, ministrans mensam panibus miri candoris et quibusdam ra- `dicibus incredibilis saporis. Sedebant (autem) fratres mix- tim cum hospitibus in ordine (suo). Inter fratres duos panis 5 integer ponebatur. Iterum minister pulsato signo ministra- bat potum fratribus. Abbas (quoque) horta- batur cum magna hilaritate fratres dicens: ,Ex hoc fonte quem hodie furtim bibere voluistis, ex illo facite modo caritatem cum jocunditate et timore Domini: ,Ex alio fon- 10 te turbido quem vidistis lavantur pedes fratrum omni die quia omni tempore calidus est.

Panes (vero) quos videtis ubi preparantur ignotum est nobis aut quis portat ad nostrum cellarium. Sed tamen notum est no- bis quod ex Dei (magna) elemosina ministratur nobis per ali- 15 quam creaturam subjectam. Nos sumus hic viginti quatuor fra- tres, (omni die) habemus duodecim panes ad nostram refectio- nem, inter duos singulos panes. In festivitatibus et domini- cis diebus addit Deus integros panes (singulis fratribus) ut ce- nam habeant ex fragmentis. Modo in adventu vestro duplicem 20 annonam habemus; et ita nos nutrit Christus a tempore sancti Patricii et sancti Ailbei patris nostri, usque modo per octo- ginta annos. Attamen senectus et languor in menbris nostris minime amplificatur. In hac insula nichil ad comedendum indigemus quod igni paratur, neque frigus aut estus superat 25 nos unquam. Sed cum tempus missarum venit aut vigiliarum, incenduntur luminaria in nostra ecclesia que duximus (nobis- cum) de terra nostra divina predestinacione, et ardent us- que ad diem, et non minuitur ullum ex illis luminaribus. Postquam biberunt tribus vicibus, abbas solito more pulsavit 30

lauees lor*) mains il s'asisent au mangier tout entour ·
et encore resonna li cloque · et uns des freres de l'abbeie
qui seruoit a le table de pains d'esmeruilleuse blanchor et
d'unes rachines de saueur ne mie creable · Li frere seoient
en ordene meslecment auoec les ostes · Vns pains entirs es-   5
toit mis entre · II · freres · Encore quant li cloque fu sonnee · li sergans donnoit a boire as freres · Li abbes enor-
toit les freres a lie chiere et disoit · De ceste fontaine
que vous vausistes hui larchineusement boire de cheli · faites ore carite a leeche · et a le cremeur diu · De l'autre 10
fontaine tourblee que vous veistes sont laue li pie des freres omme iour · Car il est caude en tous [259ᵛa] tans · Li
pain que vous veistes c'est chose nient connute a nous ou il
sont apparillie ne qui les porte en no celier · Mais nous sauons bien que che nous est donne de l'aumosne diu par auchu- 15
ne creature sougite a lui · Nous sommes · XXIIII · frere · Qui
auons · XII · pains a no mangier entre · II · et · II · I · pain · **)
Ens es iors de feste et dyemenches i met dex pains entirs
pour chou k'il aient a souper dou relief · Maintenant pour
vo venue auons nous no peuture ***) doublee · et ensi nous nor- 20
ri ihū cris · tres le tans saint Patrise et saint Albey · no
pere dusqu'a ore a · ÑÎI · †) ans et nequedenques vielleche
ne langors ne puet estre acriute ††) en nos menbres · En ceste isle n'auons nous nnle disete de mangier qui soit a fu apparillie · Apries †††) froidure ne caurre ne nous souruaint on- 25
ques · Mais quant li tans ¹) de dire les messes ou les vegilles · grant cierge sont espris en no eglise · Que nous auons
aporte de no terre par le deuine predestination do diu · et
ardent dusques an ior · et de ces cyrons nen amenuise nus ·
²)Puis k'il eurent beu par trois fies · Li abbes sonna le 30

---

*) *In der Handschr. hier ein Fleck, über den* lor *geschrieben ist.*
**) JUDINAL: entre .II. et .II. .II. pain.
***) JUBINAL: penture.
†) JUBINAL: à .XX. ans.
††) JUBINAL: accinte.
†††) JUBINAL: Après; *vgl. S. 37,* ²).
¹) JUBINAL: tans [est] de . . .
²) *Anfang eines neuen Stückes in der Handschr.*

signum et fratres unanimiter cum magno silentio et gravitate
levaverunt se de mensa, antecedentes sanctos patres ad ecclesiam.

Gradiebantur (vero) post illos sanctus Brendanus et predictus
pater monasterii. Cum (ergo) intrassent in ecclesiam, ecce 5
alii duodecim fratres exierunt obviam illis flectentes ge-
nua cum alacritate. Sanctus Brendanus (hos videns) ait patri:
‚Abba, cur isti non refecti sunt nobiscum‘? Cui ait: ‚Propter vos, quia non potuit nostra mensa nos omnes capere in
unum. Modo reficientur et nichil illis deerit. 10

Nos (autem) intremus in ecclesiam et can-
temus vesperas, ut fratres nostri, qui modo reficientur,
possint ad tempus cantare vesperas‘. Dum (autem) finissent
debitum vespertinale, cepit sanctus Brendanus considerare,
quomodo edificata erat illa ecclesia. Erat (enim) quadrata 15
tam longitudine quam latitudine et habebat septem luminaria
ita ordinata: tria ante altare quod erat in medio et bina
ante alia duo altaria:

erant (autem) altaria de cristallo quadrato facta et
eorum vascula similiter ex cristallo, 20
patene, calices et urceoli, et cetera vasa que ad cultum
divinum pertinebant, et sedilia viginti quatuor per circuitum ecclesie. Locus (autem) ubi abbas sedebat, erat inter duos choros: incipiebat enim ab illo una turma et in illum
finiebat, et alia turma similiter. Nullus ex utraque par- 25
te ausus erat inchoare versum nisi (predictus) abbas, non
in monasterio vox ulla audiebatur aut ullus strepitus, sed
si aliquid necesse fuisset alicui fratri, ibat
ante abbatem et genu flexo ante illum postulabat que opus
illi erant. Et pater accepto stilo scribe- 30
bat in tabula per revelationem Dei et dabat

cloque · si com *) il auoit acoustume **) · et li frere se leuerent tout ensamble par grant silenche · et par pesantume
de le taule · et aloient les Les sains peres a l'eglise ·
Sains Brandains et li deuant dis peres de l'abbeie aloient
apries †) · Com il fuissent entre dedens l'eglise · dont uin- 5
rent ·XII· autre frere encontre chiaus flekissant leur ge-
nous par grant deuotion · Sains Brandains dist a l'abbe ·
Abbes pour coi ne mangierent cist auoec nous · Dont respondi li abbes · che fu por vous · Car il ne peussent mie
auoir mangie a no table · et maintenant mangeront · et nule 10
chose ne lor faurra · Nous enterrons en l'eglise · et can-
terons viespres · si que no frere ki maintenant mangeront
puissent a tans chanter viespres · Quant [259ᵛb] il eurent
fenies lor viespres · Sains Brandains commencha a considerer
comment cele eglise estoit edefije · Ele ††) quaree autant 15
de lonc que de le · et i ¹) auoit ·VII· cirons ardans en
tel maniere ordenes · trois en auoit deuant l'autel · qui estoit ou moilon de l'eglise · et quatre deuant les ·II· autres
auteus · Et li autel estoient fait de crestal quare · et li
vaissiel des auteus estoient aussi de crestal · C'est les 20
platines et li calisse et li orceul · et tout li autre vaissiel qui pertenoient a l'autel · et li ·XXIIII· siege entour
l'eglise · Li lius ou li abbes seoit estoit entre les ·II·
cuers · Car de chelui ²) commenchoit li une o li des cuers et
en che liu finoit · et une autre aussi · Nus de nule des par- 25
ties n'osoit commenchier le vier ³) fors que li abbes ·
nule noise ne nos resonnemens n'estoit en l'abbeie · Mais
se nus des freres auoit mestier d'auchune chose il aloit
deuant l'abbe · et s'ageuilloit et demandoit chou que mestiers li estoit · Et li abbes prendoit une grafe · et escri- 30
soit en une table par le reuelation de diu · et le donnoit

---

*) JUBINAL: comme.
**) JUBINAL: à coustume; *Handschr.* a-coustume.
†) JUBINAL: après.
††) *Sc.* estoit.
¹) JUBINAL: y.
²) *Handschr.* (*und* JUBINAL) chelui: *vielleicht*: che liu?
³) JUBINAL: lovier *in einem Worte.*

fratri qui ab illo consilium postulabat. Cum (autem) sanctus
Brendanus hec omnia intra se consideraret, dixit ei abbas:
‚Pater, jam tempus est ut revertamur ad refectorium, ut o-
mnia cum luce fiant‘. Et ita fecerunt ad hunc modum sicut
ad refectionem.   Finitis omnibus secun- 5
· dum ordinem cursus diei, omnes (cum magna alacritate) festi-
nabant ad completorium. Abbas (vero) cum permisisset versiculum ‚Deus in adjutorium meum‘ dedissetque (simul) hono-
rem trinitati, incipiebant istum versiculum dicentes: ‚Injuste
egimus, iniquitatem fecimus: tu qui pius es, pater, miserere 10
nobis. In pace in id ipsum dormiam et requiescam‘. Post hec
cantabant officium quod pertinet ad hanc horam. Jam consum-
mato ordine psallendi, egrediebantur foras fratres ad illorum
cellulas, accipientes hospites secum. Abbas (vero) cum sancto Brendano residebat in ecclesia exspectans adventum lumi- 15
nis. Interrogavit (vero) beatus Brendanus (patrem) de illorum
silentio, et quomodo conversatio talis in humana carne posset
servari. Tunc pater cum magna reverentia et humilitate respondit: ‚Abba, coram Christo meo fateor:
octoginta anni sunt postquam venimus in hanc insulam. Nul- 20
lam vocem audivimus humanam, excepto quando cantamus
Deo laudes. Inter nos viginti quatuor non excitatur vox nisi per
signum digiti aut oculorum tantum (a majoribus natu). Nullus ex nobis sustinuit infirmitatem nunquam carnis aut spiritus qui necant humanum genus, postquam venimus in hunc 25
locum‘. Sanctus Brendanus ait: ‚Nobis, queso, indicare digneris licet hic nos esse an non‘? Qui ait: ‚Non licet,
quia non est Dei voluntas.   Sed cur
me interrogas, (pater)? Nonne revelavit tibi Deus quid te o-
portet facere antequam venires (huc) ad nos? Te (enim) o- 30

au frere qui demandoit conseil de lui · *) Quant sains Brandains eut chou reuuarde en son cuer · Li abbes dist a lui ·
Sire peres il est ia tans que nous retornons au refroitoir ·
Si que toutes les choses soient faites de iours · et ensi fisent si com il apertient au mangier · Toutes ces choses sont   5
ensi**) finees selonc l'ordenanche dou iour · trestout se has-
toient d'aler a complie · Quant li abbes eut laissie che verset · Deus in adiutorium meum · Et il eut donne honeur a le
trinite il disent che verset · Iniuste eginus · iniquitatem
fecimus · Tu qui es peres sire aies merchi de nous · Je dor- 10
mirai em pais en che liu et reposerai · Apries chou chantoient [260ra] l'ofisse qui apertenoit a cele eure · Quant li
offisces de chanter fu fines · Li frere en aloient a leur
maison · et prendoient leur ostes auoec***) iaus · Li abbes seoit auoec saint Brandain en l'eglise · et atendoit le clar- 15
te · Sains Brandains demandoit de le silense des freres · et
comment tele conuersions pooit estre wardee en char humainne · Dont li respondi li sains peres par grant reuerense · et
par humilite · Sire abbes ie di deuant men diu ihu crist
· iiii · an sont passe que ie vinc en ceste isle · ne onques 20
n'oimes nule †) humaine vois fors chou que nous chantons
loenges a diu · Entre nous · xxiiii · ne parlons nient fors par
signe de doit ou d'ex tant seulement · Nus de nous ne sos-
tint onques enfrete††) de cors · ne maise temptation d'esperite · Qui occist humainne lignie puis que nous venimes en 25
che liu · Sains Brandains dist · ie vous pri dites s'il nous
loist chi estre ou non · Qui dist il ne vous loist mie estre · Car che n'est mie li volentes diu · Mais sire por †††)
coi le me demandes tu · enne ¹) t'a diex reuele k'il te cou-
uient²) faire deuant chou que tu venisses a nous · Il te cou- 30

portet reverti ad locum tuum cum quatuordecim fratribus tuis, ubi Deus preparavit locum sepulture tue. Duo (vero) qui supersunt, unus peregrinabitur in insula Anachoritarum, porro alter morte turpissima condempnabitur apud inferos'.

Cum hec inter se loquerentur, 5 (ecce illis videntibus) sagitta ignea dimissa per fenestram incendit omnes lampades que erant posite ante altaria: et confestim per eamdem fenestram reversa est sagitta, lumine remanente. Iterum interrogavit beatus Brendanus, a quo extinguerentur mane luminaria. Cui ait sanctus pater: 10 ,Veni et vide sacramentum hujus rei. Ecce, tu vides ardentes candelas in medio vasculorum: (tamen) nichil de eis exuritur ut minus sint aut decrescant, neque remanebit mane ulla favilla, quia lumen spirituale est'. Sanctus Brendanus ait: ,Quomo- 15 do potest in corporali creatura lumen incorporale corporaliter ardere'? Respondit ille senex: ,Nonne legisti rubum ardentem in monte Synai? Et tamen remansit (ipse) rubus ab igne illesus'. Et vigilantibus hiis usque mane, sanctus Brendanus petivit licentiam 20 proficiscendi in suum iter. Cui ait senex: ,Non (pater), tu debes nobiscum celebrare nativitatem Domini usque ad octabas epiphanie'. Mansit (itaque) sanctus pater cum sua familia predictum tempus in insula que vocatur Ailbei. 25

12. Transactis (autem) festivitatibus, accepta benedictione sanctorum virorum, et hiis que

uient*) retorner a ten liu atout**) tes · xxiiii · freres ou
dex a apparillie le liu de te sepulture · Li doi qui demeurent
li uns ira en pelerinaige en l'isle · Qui est apielee anachoritarum · Mais li autres sera condampnes en infier de vilainne mort · ***)Entrues qu'il†) parloient ces choses entr'iaus   5
fu enuoie une saiete de feu par le feniestre · Qui aluma toutes les lampes qui estoient mises deuant l'autel · Et par cele
fenestre est errant li saiete retornee quant les lampes furent alumees · Encore demanda sains Brandains · qui estai-
gnoit les lampes a le matinee · a cui li sains peres dist · 10
Vien auant et voi le sacrement de le chose · Vois chi tu vois
les candeles argans enmi les vaissiaus et de celes [260ʳb]
n'art nule chose · por coi eles soient menres ne ne descrois-
sent ne a le matinee ne demeure nule flame que a le matinee ·
Car li lumiere est esperitueus · Sains Brandains dist · com- 15
ment puet en corporeil creature lumiere incorporeus††) ardre
corporelment · Li viellars†††) respondi · En as tu liut¹)
que li buissons arst ou mont de Synai · et neqnedenques ne
fu li buissons nient²) ars dou feu · Et quant il eurent vil-
lie dusques a le matinee³) · Sains Brandains quist congie 20
d'aler en sen pelerinaige · a cui li peres dist non ferai ·
Car tu dois auoec nous celebrer le natiuite nostre signor ·
Dusques as octaues de le tyephane · Li sains peres⁴) et se
maisnie demourerent par le tans denant dit en l'isle · Qui
est apielee Albei.   25

12.   Quant les festes furent passees · et il eut pris
le beneichon des sains hommes · et il eurent pris chou qui

---

*) Jubinal: convient.
**) Jubinal: à tot.
***) *Anfang eines neuen Stückes in der Handschr.*
†) Jubinal: qu'ile.
††) Jubinal: incorporens.
†††) Jubinal: vieillars.
¹) Jubinal: luit.
²) nient *ist von* Jubinal *ausgelassen.*
³) Jubinal *hier Druckfehler:* matinée.
⁴) Jubinal: père.

victui necessaria erant, beatus Brendanus cum suis sequa-
cibus tetendit vela in oceanum.   Ita
sine navigio, sine velis ferebatur navis per diversa loca
usque ad initium quadragesime. Quadam (vero) die viderunt
insulam non longe ab illis.   Quam cum vidissent, ceperunt 5
acriter navigare, quia jam valde erant vexati fame et siti: ante triduum enim defecerat eis victus (et potus). At (vero) cum sanctus pater Brendanus benedixisset
portum et omnes exissent (foras) de navi, invenerunt fontem lucidissimum et herbas diversas ac radices in circuitu 10
fontis diversaque genera piscium discurrentium per alveum
rivuli manantis in mare.   Sanctus Brendanus ait
fratribus suis: ,Deus dedit nobis consolationem post laborem:
accipite pisces quantum ad cenam nostram sufficit atque
assate eos ad ignem.   Colligite etiam herbas 15
et radices quas Dominus servis suis preparavit'. (Et ita fecerunt.) Cum (autem) effudissent aquam ad bibendum, dixit
vir Dei: ,Cavete (fratres) ne ultra modum utamini hiis aquis,
ne gravius vexentur corpora vestra'. At (vero) fratres ine-
qualiter diffinicionem viri Dei considerabant   20
et alii singulos calices bibebant, alii binos, alii (vero)
ternos: in quos irruit sopor trium
dierum ac noctium, in alios (quoque) duorum dierum, in re-
liquos (vero) unius diei et noctis. At (vero) sanctus pater
sine intermissione deprecabatur Dominum pro fratribus suis, 25
quod per ignorantiam contigerat illis tale periculum. Trans-

estoit neccessaire*) a leur uiure · Sains Brandains et se
maisnie tendirent lor voiles en le mer · Et en tel maniere
sains nauiron et sains voile aloit lor nes par lius diuers
dusques a l'entree de quaresme · **) Vn iour virent une isle
ne mie lonc d'iaus · Quant ***) il l'eurent veue il commen- 5
chierent durement a nagier · Car il estoient ia *co*nstraint de
fain et de soif · Et se leur ****) estoit lor viande faillie
·III· iors deuant · Mais sains Brandains benei le port · et
tout li frere issirent de le nef · et trouuerent une fon-
taiune tresclere · et herbes diuerses et rachines entour le 10
fontainne · et diuerse maniere de piscons courans par le
chanel dou ruissiel courant en le mer · Sains Brandains dist
a ses freres · Diex nous a donne *co*mfort†) apries labeur ·
prendes des pissons chou qui soffist††) a no mangier · et
les ruestissies sour le feu · Cuellies†††) aussi les herbes 15
et les rachines que n*o*stre ††††) sires a apparillie a ses sergans ·
Comme il espandissent l'eue a boire · li sains hom dist ·
Wardes q*ue* [260ᵛa] uous ne vses outre mesure de ces eues que
uo cors¹) ne soient trauillie plus griement mais auchun
des freres ne warderent mie²) le commandement de l'homme 20
diu car auchun en burent plain hanap li autre ·II· li autre
trois · Et chil qui auoient beut ·III· hennas dormirent trois
iors et trois nuis · Li autre ·II· iors et ·II· nuis · et li
autre ·I· iour³) et vne nuit · mais quant⁴) li sains peres
vit chou · il ne cessa de prijer diu pour ses freres · pour 25
chou que par ignoranche leur estoit auenus tex perius · Q*ua*nt

---

*) Jubinal: nécessaire.
**) *Anfang eines neuen Stückes in der Handschr.*
***) Jubinal: Quand.
****) Jubinal: lor.
†) Jubinal *liest:* confort.
††) Jubinal: sousfist; *vgl. S. 27* ††).
†††) Jubinal: Cueilliés.
††††) Jubinal: notre.
¹) Jubinal: vos corps.
²) mie *ist von* Jubinal *ausgelassen.*
³) Jubinal: jor.
⁴) Jubinal: quand.

actis itaque hiis tribus diebus dixit sanctus
pater sociis suis: ‚Fratres, fugiamus istam mortem,
ne deterius nobis contingat. Deus (enim) dedit nobis pastum,
et vos fecistis inde detrimentum. Egredimini (igitur) de hac
insula et accipite stipendia de piscibus quantum necesse 5
est per triduum usque ad cenam Domini:
similiter de aqua singulos calices fratribus per singulos
dies   et ex radicibus equaliter'.
Cum (autem) onerassent navem ex omnibus que
vir Dei preceperat,   ceperunt na- 10
vigare in oceanum contra septentrionalem (plagam).

13. Porro post tres dies totidemque noctes cessavit
ventus et cepit mare esse quasi coagulatum   pre
nimia tranquillitate.   Sanctus pater dixit: ‚Mittite remiges in navem   et laxate vela: 15
ubicumque (enim) Deus voluerit, gubernabit illam'.*) Post
hec (igitur) dedit illis Deus ventum prosperum. Ab occidente
contra orientem ceperunt vela tendere et simul navigare
reficiebanturque semper post triduum. Quadam (vero) die
apparuit illis insula a longe quasi nubes dixitque sanctus 20
Brendanus: ‚Filioli, cognoscitis vos insulam illam'? At illi
dixerunt: ‚Minime'. At ille ait: ‚Ego cognosco illam: ipsa

---

*) *Alle Hss. haben hier:* Ita navis ferebatur per viginti cir-
citer dies.

cist troi iour*) furent en tel maniere trespasse**) li sains
peres dist a ses compaignons · Bials frere fuions ceste mort
que pis ne no*us* en aui*n*gne · Dius nous***) a donne no past
et vous anes fait de cho*u* outrage · Issies de ceste isle ·
et prendes uo****) despens des pissons chou que besoins uous†)   5
est p*ar* trois iors dusq*ues*††) a le chaiuue nostre signor · et
aussi de l'eue · I · hennap plain a chascun†††) des freres par
chascun des trois iours††††) · et des rachines iuelment¹) ·
Quant il eurent kierkie le nef de toutes les choses q*ue*
li ho*m* diu leur auoit *com*maude et comme*n*chierent a na- 10
gier en le mer contre septentrion.

13. Mais apries trois iours et · III · nuis · li vens
cessa et comme*n*cha li mers a estre aussi que acoisie p*our*²)
le grant paisieulete de le mer · Li sains peres dist · Metes les nauirons dedens le nef · et laskies les voiles · 15
Diex gouurenera cheli tout partout ou il vaura · ³) Apries
chou nostre⁴) sires donna a iaus p*ro*pre uent · Dont tendirent lor voiles et nagierent d'occident dusques en orient ·
et se rapparilloient de trois iors a autre · Vn iour lor⁵)
apparut de lonc une isle aussi c'une nue · Sains Brandains 20
dist⁶) · Mil fil co*n*nissies uous cele⁷) isle · Mais chil res-
po*n*dirent nenil · Et il dist ie le connois · Chou est li is-

---

est (enim) insula in qua fuimus anno preterito in cena Domini, ubi noster bonus procurator commoratur'. Hoc audito
fratres ceperunt pre gaudio acriter navigare
                    quantum poterant vires eorum sustinere.
Cum vir Dei hoc vidisset ait: ,Nolite (pueri)   5
stulte fatigare membra vestra. Nonne omnipotens Deus gubernator est navicule nostre? Dimittite eam illi, quia ipse
diriget iter nostrum sicut vult'. Cum appropinquassent ad
litus predicte insule, occurrit illis obviam in navicula i-
dem procurator et duxit illos ad portum ubi preterito anno 10
descenderant de navi, magnificans Deum, et osculatus est
pedes (sancti Brendani et) omnium (fratrum) dicens: ,Mi-
rabilis Deus in sanctis suis'. *) Finito (jam) versiculo
et ablatis omnibus de navi   extendit
tentorium et preparavit balneum (erat enim ce-   15
na Domini)   et induit omnes fratres novis ve-
stimentis et fecit illorum obsequium per triduum. Fratres
(vero) passionem Domini celebrabant cum (magna) diligencia
usque in sabbatum sanctum. Finitis (autem) oracionibus
diei (sabbati) immolatisque victimis spiritualibus (Deo) 20
atque cena consumata, dixit ad eos idem procurator: ,Ascen-
dite navem ut celebretis (sanctam) dominicam noctem resurrectionis (Christi) ubi celebrastis altero anno et diem
similiter usque in sextam horam: postea navigate ad insulam
que vocatur ,Paradisus avium',   ubi fuistis in 25
preterito anno a pascha usque ad octabas pentecostes.
Asportate (autem) vobiscum omnia que necessaria vobis
sunt de cibo et potu.   Ego visitabo vos
die dominica altera'. Et ita fecerunt. Sanctus Brendanus

---

*) Ps. 67, v. 36: *Mirabilis Deus in Sanctis suis'.*

le ou nous fumes en l'an qui est passes a le chainne nostre*)
signor ou nos boins procureres demenre · Quant li frere eurent chou oit il commenchierent a nagier durement pour le
grant ioie [260ᵛb] quanque leur forches peurent soustenir ·
Comme li hom diu eut chou veut il dist · Ne uoellies**) mie   5
folement lasser uos bras · En est dex omnipotens gouurene-
res de uo nachiele · Laissies li faire · car il adrechera no
voie si com il vaura · Quant il furent auenu au riunge de
cele isle deuant dite · cis procureres deuant dis uint encontre iaus en une nachiele et les mena au port ou il es- 10
toient descendu en l'an passe de leur nef loant diu et bai-
soit les pies de chascun et disoit · nostre***) sires est
esmeruillables entre ses sains · comme cis verses fu dis ·
et toutes les choses furent aportees de le nef · il tendi
une tente et apparilla†) ·I· baing · Il estoit adonques li 15
chainne nostre††) · et vesti tous les freres de nouiaus vestemens et les sierui par trois iors · Li frere faisoient
feste de le passion nostre†††) signour par diligense dusques au saint samedi · Quant il eurent finees les orisons
dou iour et sacrefije¹) les offrandes espiritueles · et li 20
chainne fu finee · cis procureres dist a iaus · Montes en
vo nef pour chou que vous voisies celebrer le nuit de le
surrexion nostre signor · ou vous le celebrastes en l'autre
en et le iour dusques a miedi²) · Apries ires vers l'isle
qui est apielee li paradys des oysians · ou vous fustes en 25
l'an passe a le pasque³) dusques as octanes de pentecouste ·
Aportes auoec vous totes les choses qui neccessaires vous
sont · si com de boire et de mangier · et ie vous viseterai
l'autre dyemenche apries · Et ensi fisent · Sains Brandains

---

*) JUBINAL: notre.
**) JUBINAL: voeilliés.
***) JUBINAL: notre.
†) JUBINAL: aparilla.
††) Sc. signour; JUBINAL: notre.
†††) JUBINAL: notre.
¹) JUBINAL: sacrefiée.
²) JUBINAL: midi.
³) Handschr. paſq̃ — JUBINAL: Pasques.

data benedictione ascendit in navem et ita navigaverunt in aliam insulam. Cum (autem) appropinquassent ad locum ubi descendere debebant de navi, ecce apparuit illis cacabus quem altero anno dimiserant. Descendens (autem) beatus Brendanus (de navi) cepit cantare 5 hymnum trium puerorum usque in finem. Finito (autem) hymno, vir Dei admonebat suos fratres dicens: ‚O filioli, vigilate et orate, ne intretis in temptationem *). Considerate quomodo Deus subegit immanissimam bestiam subtus nos sine ullo impedimento‘. Fratres (ergo) vigilabant 10 sparsim per illam insulam usque ad vigilias matutinas. Postea omnes sacerdotes singulas missas Deo offerebant usque ad tertiam horam. Set et beatus Brendanus cum suis fratribus ascendens in navem immolavit agnum immaculatum Deo et dixit fratribus: ‚In altero anno hic celebravi resurrectionem 15 Domini; ita similiter volo et hoc anno‘. Ac inde profecti sunt ad insulam avium. Appropinquantibus (autem) illis ad portum ejusdem insule, omnes ille aves cantabant una voce dicentes: ‚Salus Deo nostro sedenti super thronum et agno‘. **) Et iterum: ‚Deus Dominus il- 20 luxit nobis. Constituite diem solempnem (in condensis) usque ad cornu altaris‘.***) Tam vocibus quam alis resonabant, usque dum sanctus pater cum (sancta) sua familia et omnibus que erant in navi, fuit in tentorio suo receptus. Ibi (quoque cum fratribus suis) celebravit festa paschalia 25 usque ad octabas pentecostes. Predictus (namque) procurator venit ad illos sicut promiserat die dominica octavarum pasche portans secum que ad usum vite pertinebant. Cumque resedissent ad mensam, ecce predicta avis consedit in prora navicule   extensis alis 30

---

  *) MATTH. 26, v. 41. MARC. 14, v. 38. LUC. 22, v. 40: ‚(Vigilate, et) orate ut non intretis in tentationem‘.
  **) APOCAL. 7, v. 10: ‚Salus Deo nostro, qui sedet super thronum, et Agno‘.
  ***) Ps. 117, v. 27: ‚Deus Dominus, et illuxit nobis. Constituite diem solemnem in condensis, usque ad cornu altaris‘.

quant il eut donneo se beneichon · entra en le nef et nagoient*) eu tel maniere a cele isle · Comme il aproismais-
sent au liu ou il deuoient descendre de le nef · dont apparut a iaus li cauderons k'il. auoient l'autre an laissie **) ·
Sains Brandaius descendi et commencha a canter l'isne des   5
trois enfans dusques en le fin [261ᵣa] Quant li sains hom
eut finee l'isne · il amonesta ses freres et dist · O vous
mi fil villies et oures que vous n'entres en temptation ·
reuuarde que a soumis desous nous une tresgrande bieste
sains nul impediment · Li frere villoient espars par cele 10
isle dusqu'a l'eure de matines · Apries tout li priestre ***)
offroient a diu chascuns une messe dusques a l'eure de tierche · Sains Brandains et si frere monterent en le nef et
sacrefijerent a diu ·I· blanch aigniel et disoit a ses freres · En l'autre an celebrai iou chi le surrexion nostre †) 15
signor · aussi le uoel iou faire et en cest an · Apries a-
lerent a l'isle des oysiaus · ††) Quant il aproismierent au
port de cele isle tout li oysiel chantoient a vne vois et
disoient · Salus soit a no diu seant sour le trosne et au
vrai aigniel · et encore disoient · Nostre sires dex s'est 20
esclarcis a nous · Estaulissies iour festiaule dusques au
cor de l'autel · Tant longhement resonnoient de leur vois
et par leur eles que li sains peres et se maisnie et toutes les choses qui [est]oient †††) en le nef furent mises en
le tente · La celebra li sains hom le feste de pasque dus- 25
ques as octanes de pentecouste   dont vint li deuant dis
procureres a chiaus au iour k'il leur auoit proumis et a-
portoit auoec lui chou k'il¹) couuenoit²) a l'vsage de vie ·
Com il fuissent assis a le table · dont uint li oysiaus deuant dis et s'assist ou coron et resonnoit de ses eles es- 30

*) Jubinal: nagooient.
**) In der Handschr. hier ein Fleck; Jubinal liest: laió.
***) Handschr. p̃ftre; Jubinal: prestre.
†) Handschr. nre; Jubinal: notre.
††) Anfang eines neuen Stückes in der Handschr.
†††) In der Handschr. hier ein Fleck.
¹) Jubinal: qu'il.
²) Jubinal: convenoit; vgl. S. 43²) und 45*).

ac strepitentibus sicut sonitum organi magni.

Agnovit (igitur) vir sanctus quia volebat ei aliquid indicare, ait namque eadem avis: ,Deus predestinavit vobis
quatuor loca per quatuor tempora, usque dum finiantur septem anni peregrinationis vestre. Porro cena dominica cum 5
vestro procuratore qui presens adest eritis in dorso beluc
vigilias pasche celebrantes.

Nobiscum (autem) eritis in festis paschalibus, usque ad
octavas pentecostes. Apud familiam Ailbei nativitatem Domini celebrabitis. Post septem vero annos, antecedentibus ma- 10
gnis ac diversis periculis, vos invenietis ,terram repromissionis sanctorum quam queritis, et ibi habitabitis quadraginta diebus et postea reducet vos Deus ad terram nativitatis vestre'. Sanctus pater ut audivit, prostravit se ad
terram cum fratribus suis referens gratias et laudes 15
suo creatori. Avis (autem) reversa est in locum suum.
(Porro predictus) procurator finita refectione dixit: ,Deo
adjuvante revertar ad vos in die adventus sancti spiritus
super apostolos cum stipendiis vestris'.

Et (sic) accepta benedictione reversus est in locum suum. 20
*)Porro venerabilis pater mansit ibidem predictos dies.
Consummatis (itaque) diebus festis sanctus vir fratribus
suis precepit preparare navigium   et implere vascula ex fonte.   Ducta (autem) jam navi in mare,

*) MORAN, Cap. VIII: They are miraculously saved from de-
struction.

tendues aussi que se*) che fust li sons d'une**) grant or-
gene · Li sains hom connut***) qu'ele li voloit auchune chose demoustrer · et cis oysiaus dist · Diex vous a presdes-
tinet · iiii · lius par · iiii · tans dusqu'a tant que li · vii · an
de vo pelerinaige seront fine · Mais vous seres a le chainno 5
nostre signor auoec vo procureur [261ʳb] Qui est chi presens · Et ou dos de le****) balainne feres le fieste de pasques auoec nous dusques as octaues de pentecouste · auoec
lo maisnie Albei feres le feste de le natiuite nostre†)
signor · Et apries††) les · vii · ans vous auenront molt 10
de peril et diuers†††) · et trouueres le t'rre de le repromis-
sion des sains que vous queres · et habiteres la · xl · iors
et apries††) vous ramenra diex a le terre de vo naissen-
che · Li sains peres quant††††) il oi chou · il s'enclina a
terre et si¹) frere aussi · et rendi grasces et loenges²) 15
a sen createur · Dont se retourna li oysiaus en sen liu ·
Quant li mangiers fu fines · li procureres dist · Se dex me
uelt aidier ie reuenrai a vous a l'auennement³) don saint
esperit⁴) a ses aposteles atout chou que besoins nous⁵) ert ·
Et quant il eut rechut le beneichon · il retorna en sen liu 20
mais li sains peres demoura la les iors qui li furent dit ·
Quant li iour de feste furent passe · li sains hom commanda a ses freres a apparillier le nef et a emplir les vaissiaus de fontainne · comme⁶) li nes fust ia menee a le mer ·

---

*) se ist von Jubinal ausgelassen.
**) Jubinal: d'une.
***) Jubinal: connu.
****) Jubinal: la.
†) Jubinal: notre.
††) Jubinal: après.
†††) Handschr. diu's.
††††) Jubinal: quand.
¹) Jubinal: li.
²) Jubinal: louenges.
³) Jubinal: l'avénement.
⁴) Jubinal: Esprit.
⁵) Jubinal: nous.
⁶) Handschr. 9me; Jubinal: com.

ecce predictus vir cum navi sua venit onerata escis,
cumque omnia posuisset in naviculam sancti
viri, osculatis omnibus reversus est
unde venerat.

14. *)Vir (autem) sanctus cum suis sodalibus navigavit in 5
oceanum, et ferebatur navis per quadraginta dies. Quadam
(vero) die apparuit illis immense magnitudinis piscis
post illos (natans), qui jactans de naribus spumas sulcabat undas velocissimo cursu   quasi ad illos
devorandos.   Cum hoc vidissent fratres clamave- 10
runt ad Dominum dicentes: ,Domine, libera nos, ne nos devo-
ret ista belua'. Sanctus (vero) Brendanus confortabat illos
dicens: ,Nolite expavescere minime
fidei. Deus qui (semper) noster defensor est, ipse nos li-
berabit de ore istius belue et de omnibus ceteris periculis'. 15
(At vero) cum appropinquasset illis, antecedebant eam unde
mire altitudinis usque ad navim. Venerabilis quoque senex manibus extensis in celum dixit: ,Domine, libera ser-
vos tuos sicut liberasti David   de manibus Golie
gygantis et Jonam de potestate ceti magni'.   20
        Finitis hiis precibus ecce ingens belua
ab occidente obviam venit alteri bestie, que cum emisisset
ignem ex ore suo, iniit bellum contra
illam. At senex fratribus suis ait: ,Videte, (filioli,)
magnalia redemptoris nostri! Videte obedientiam bestiarum 25

---

*) JUBINAL, Cap. IX: De quodam pisce.
SUCHIER, Cap. 15: Der Kampf der Fische.
SCHIRMER, Cap. 16: Kampf der Fische.
ZIMMER, Cap. 14: Kampf der beiden meerungetüme.

Dont uint li deuant dis hom atout se *) nef kierkie de vian-
des · Comme il eut mis toutes ces choses en le nef dou saint
homme · et il eut pris pais a tous les freres il retourna
dont il estoit uenus.

14. Li sains hom et si compaignon **) nagierent en 5
le mer et ala li nes vage par · xl · iours en le mer · ***) Vn
iours s'apparut a iaus une balaïnne ****) molt tresgrande
apries †) iaus qui gietoit escame par ses nariunes et de-
partoit les ondes par ismiel cours aussi que ††) s'ele les
uausist denourer · Quant li frere l'eurent ueut il crije- 10
rent †††) a nostre signour et disent · Sire deliure nous ·
que ciste ††††) balaïnne ne nous deueure · Li sains peres
les comforta et dist · Ne voeillies ¹) espauenter par petit
de foi · Diex qui est nos deffenseres il nous deliuerra de
le geule de cele beste et de tous autres perius · Quant el- 15
le aprochoit les ondes d'esmeruillense [261ᵛa] hauteche a-
loient deuant li dusques a le nef · et li hounerables viels
hom extendi ses mains au chiel et dist · Sire deliure tes
siers aussi que tu deliuras Dauid de le main Goulyat le
gayant et Ionatain don ventre de le grant balaïnne · Quant 20
il eut fenie ses orisons · dont uint une grant balaïnne de-
ners ²) occident encontre l'autre beste   Comme ele ³) eut mis
hors feu de se geule · ele ⁴) commencha le bataille contre
l'autre · Dont dist li viels hom a ses freres · Vees les
merueilles de no sauueur · vees l'obedienche qu'eles ont a 25

*) JUBINAL: de.
**) JUBINAL: compagnon.
***) *Anfang eines neuen Stückes in der Handschr.*
****) JUBINAL: balaine.
†) JUBINAL: après.
††) JUBINAL: aussi com.
†††) JUBINAL: crièrent.
††††) JUBINAL: ceste.
¹) JUBINAL: voeillés.
²) *Handschr.* deu's.
³) JUBINAL: elle.
⁴) JUBINAL: elle.

creatori suo! Modo expectate finem rei: nichil enim inge-
ret nobis hec pugna mali, sed
      pro gloria Dei reputabitur'. Hiis dictis misera
belua, que persequebatur famulos Christi divisa est in
tres partes coram illis et altera reversa est post victoriam 5
unde venerat.   Altera (vero) die viderunt
insulam procul arbustam nimis   et valde speciosam.
Appropinquantibus (autem) illis ipsius insule littori et
de navi exire volentibus   viderunt posteriorem partem illius belue que interfecta erat. Ait sanctuş Brendanus: 10
,Ecce que voluit nos devorare.   Ipsam de-
vorate. Expectabitis longum tempus in hac insula. Levate
naviculam altius in terram et querite locum tentorio aptum'.
Ipse (pater) predestinavit illis locum ad habitandum. Cum
(autem) fecissent secundum preceptum viri Dei ac misissent o- 15
mnia utensilia in tentorium, ait ad illos: ,Accipite
dispendia vestra de ista belua que sufficiant vobis per tres
menses. Hac (enim) nocte erit illud cadaver devoratum a be-
stiis. Illi (vero) usque ad vesperos asportabant   carnes
quantum eis opus erat,   secundum manda- 20
tum sancti patris.   Perfectis hiis o-
mnibus fratres dixerunt: ,Abba, quomodo possumus hic
sine aqua vivere'?   Quibus ille ait:
,Numquid difficilius est Deo tribuere vobis aquam quam victum? Ite (igitur) contra meridianam (plagam) insule et inveni- 25
etis fontem lucidissimum et herbas multas ac radices, et inde
mihi dispendia sumite secundum mensuram. Et invenerunt
omnia sicut vir Dei predixerat. Mansit (ergo) ibi sanctus Brendanus tres menses quia erat tempestas in mari

leur createur · Or atendes le fin de le chose car ciles*)
bataille ne vous fera nule chose de mal · Mais che sera anchois gloire de diu · Quant il eut chou dit · li chaitiue
beste ki werioit**) les sergans ihū crist est depechie en
trois parties deuant iaus et li autre apries se victoire re-   5
torna dont ele estoit venue · ***)Vn autre iour uirent vne
isle plainne d'arbres lonc d'ians et moult tresbiele ·
Quant il ninrent pries dou riuage de cele†) isle il s'apparillierent d'issir de le nef et nirent le daerrainne partie de le beste qui tuee estoit · Et sains Brandains dist · 10
Ves ichi les bestes††) qui vous vaut deuourer · Vous le de-
noeres · Vous demourres lonc tans en ceste isle · Leues vo
nef plus haut a terre et queres†††) boin liu as tentes · Il
leur destina ·i· liu a habiter · Cum il eurent fait selonc
le commandement de l'omme diu · Et eussent mises toutes 15
les utles¹) choses en le tente il dist a iaus · Prendes
tout uo despens de cele balainne qui vous soufisse par trois
moys · En ceste nuit sera cile caroigne deuouree des bestes · En tel maniere aportoient hors les cars dusques as
uespres quanque²) besoins leur estoit selonc le commande- 20
ment dou saint pere · Quant il eurent faites ces choses toutes · li frere disent · Sire abbes comment porons nous chi
[261ᵛb] uiure sains eue · Li sains hom respondi a chiaus ·
Est chou plus grans chose a diu donner eue a vous que uiande · Ales encontre miedi de ceste isle et vous trouueres 25
vne fontainne clere et molt d'erbes et rachines · Et prendes de chou men despens selonc mesure · Et il trouuerent
tout si com li hom diu leur auoit deuant dit · Sains Brandains mest³) la par trois moys · Car tempeste estoit en le mer

---

 *) JUBINAL: cile.
 **) JUBINAL: vuerjoit.
 ***) *Anfang eines neuen Stückes in der Handschr.*
 †) JUBINAL: cesle.
 ††) JUBINAL: beste.
 †††) Handschr. q̄res: JUBINAL: querrés.
 ¹) JUBINAL: utiles.
 ²) JUBINAL: quanques.
 ³) JUBINAL: m'est.

et ventus fortissimus et inequalitas aeris de grandine et
pluvia. Fratres (vero) ibant videre quod dixerat vir Dei
de illa belua, nam cum venirent ad locum ubi
cadaver antea fuit, nihil invenerunt preter
ossa. Illi (autem) ad virum Dei reversi, dicebant: ‚Ab- 5
ba, sicut dixisti, ita est‘. Quibus ille ait: ‚Scio,
filioli, quia voluistis me probare si verum dixissem (an non).
Aliud signum vobis dicam: portio cujusdam piscis (hac nocte)
veniet huc, et cras inde reficiemini‘. Sequenti (vero) die
exierunt fratres ad locum et invenerunt sicut vir Dei 10
predixerat, et attulerunt quantum portare poterant. Ait
illis venerabilis pater: ‚Ista diligenter servate et
sale condite, erunt (enim) vobis necessaria. Faciet (e-
nim) Dominus serenum tempus hodie et cras et post cras,
et cessabit tempestas maris ac fluctuum; et 15
postea proficiscemini de loco isto‘. *) Transactis diebus
predictis, precepit sanctus Brendanus suis fratribus onerare
navem, et utres atque vascula implere; herbas (vero)
atque radices ad suum opus colligere, quia (predictus pater)
postquam fuit sacerdos nihil gustavit in quo spiritus es- 20
set vite. Onerata (vero) navi ex hiis omnibus,
velis extensis profecti sunt contra septentrionalem (plagam).

15. **) Quadam (vero) die viderunt insulam longe

---

*) Moran, Cap. IX: The three choirs of saints.
**) Suchier, Cap. 16: Die Injel ber brei Echaren mit Meer=
  ſdnecten.
  Schirmer, Cap. 17: Injel ber brei Echaaren mit ben Meer=
  ſdnecten.
  Zimmer, Cap. 15: Die injel ber tnaben, jünglinge unb greije.

et li uens tresfors et desiueletes*) d'air de gresil et de
pluene · Li frere aloient uir chou que li hom diu auoit dit
de ceste beste · Car il**) quant il vinrent au liu ou li
caroigne auoit deuant este · il ne trouuerent nule chose fors
les os · Cil reuiurent a l'homme diu et disoient · Sire ab- 5
bes ensi que tu desis ensi est · Il dist a chiaus · Ie sai
biau fil que vous vausistes espronner se i'auoie dit uoir · Ie
vous dirai autre signe · Li portions d'un pisson venra la ·
Et demain seres soelee de chelui · Le iour apries***) alerent li frere au liu et trouuerent aussi com****) li hom diu 10
auoit dit · et aporterent quanque il em peurent aporter · Li
sains peres dist a iaus · Wardes ces choses diligaument et
les metes en sel · Eles vous seront neccessaires†) · Nostre sires††) fera cler tans hui et demain et apries***) demain et li tempeste†††) de le mer cessera et des flueues et 15
apries en ires de che liu · Quant li iour deuant dit furent
passet sains Braudains commanda a ses freres a kierkier††††)
le nef et les buires et les vaissiaus a emplir¹) · Les herbes et les rachines commanda a queillir²) a seu oes · Car
puis k'il fu fais priestres³) ne gousta chose ou il eust es- 20
pir de vie · Quant li nes fu kierkie de toutes ces choses
et il eurent tendu leur voiles il s'en alerent vers septem-
trion⁴).

15.   ⁵)Apries en ·I· autre iour virent une isle lonc

*) JUBINAL: des vieletes.
**) il *ist von* JUBINAL *ausgelassen.*
***) JUBINAL: après.
****) JUBINAL: comme.
†) JUBINAL: nécessaires.
††) JUBINAL: Sire.
†††) JUBINAL: tempête.
††††) JUBINAL: akierkier *in einem Worte.*
¹) JUBINAL: aemplir. *Aber S. 55, Z. 23* JUB. à emplir.
²) *Hdschr.* qillir; JUBINAL: quillir.
³) *Hdschr.* pltres: JUBINAL: prestres.
⁴) JUBINAL: septentrion.
⁵) *Auch in der Handschr. Anfang eines neuen Stückes.*

ab illis. Dixit sanctus Brendanus: ,Videtis illam insulam'?
Aiunt: ,Videmus'. Ait (illis): ,Tres populi sunt in illa insula, puerorum (scilicet) juvenum ac seniorum. Et unus ex
fratribus (nostris) peregrinabitur illic'. Fratres (vero) in-
terrogabant quisnam esset ex eis? *)Cum (autem) perseveras- 5
sent in illa sentencia et vidisset illos tristes, ait: ,Iste
est frater ille qui permansurus est ibi'. Fuit (autem) frater
unus ex tribus fratribus qui subsecuti sunt sanctum (Brendanum) de suo monasterio, de quibus predixerat (fratribus),
quando ascenderunt navem in patria sua. Tantum (autem) 10
appropinquaverunt insule predicte usque dum navis stetisset in litore. Erat (autem) illa insula mire planitie, in
tantum ut illis videretur   equalis mari,
sine arboribus, sine aliquo quod a vento moveretur.
Valde (enim) erat speciosa**),   tamen 15
cooperta scaltis albis et purpureis.   Ibi
tres turme,   sicut vir Dei predixerat,   erant;
nam   inter turmam et turmam spatium e-
rat quasi jactus lapidis de funda,
                et semper ibant huc atque illuc, et una 20
turma cantabat stando   in uno loco dicens:
,Ibunt sancti de virtute in virtutem et videbitur Deus deorum in Syon'***). Dum una turma perfiniebat illum versiculum, altera turma stabat   et   incipiebat
predictum carmen.   Et ita faciebant sine cessacio- 25
ne.   Erat (autem) prima turma puerorum in vestibus
candidissimis et secunda turma in jacinctinis,   et tertia turma in purpureis dalmaticis. Erat (autem) hora quarta
quando tenuerunt portum insule.   · Cum (autem)

---

*) *Alle Hss., ausser Hs. 15076, haben hier:* Qui noluit indicare.
) Jubinal, Moran, *etc.*: spatiosa. *Vgl. S. 4) und S. 58, Z. 7.*
***) Ps. 83, v. 8: *,Ibunt de virtute in virtutem: videbitur Deus
deorum in Sion'.*

d'iaus et sains Brandains [262ᵣa] dist vees uous cele isle
il disent oil nous le veons · Sains Brandains dist · Troi
peule de jouenes enfans et de viex hommes sont en cele isle · uns des freres ira la*) · Mais li frere demandoient li
ques**) c'estoit d'iaus · Comme il demouraissent en cele   5
sentense et veist chiaus estre dolans il dist · Cis est li
freres qui demouera la · Cius freres ***) qui i deuoit demourer fu uns des trois freres ki siuirent le saint hom-
me†) de s'abbeie · Des ques freres il auoit parle quant
il monterent en le nef en sen pais · Tant aprochierent a 10
l'isle deuant dite dusque††) a cele eure que li nes s'aresta
ou riuage · Cile isle estoit de meruilleuse planece†††) en
tant qu'ele soloit estre iweus a le mer · S'il est a sauoir
sains arbres et sains auchune chose qui peust estre mute
par vent · Elle estoit molt biele · Nequedenques estoit ele 15
couuerte de blanques escales et vermelles · Illueques estoient · ıı · compaignies si comme li hom diu auoit dit deuant · car entre l'une compaignie et l'autre compaignie estoit une espasse aussi que le giet d'une piere c'une fon-
defle gete · Et adies aloient de cha et de la et li une¹) 20
des compaignies cantoit en estant en · ı · lin et disoient ·
Li saint iront de vertus en vertus et li diex des dex de Syon sera veus · Quant li une compaignie auoit fine che uer-
set li autre compaignie arestoit et²) recommenchoit le
chanchon deuant dite et ensi faisoient sains nule ares- 25
te · Li premiere compaignie³) des enfans estoit en vestures
tresblanques · li seconde en vestures jacintes et li tierche compaignie en vermaus damaltiques · Li quarte eure dou
iour estoit quant il prisent port en l'isle · Quant il fu

---

　*) JUBINAL: jà.
　**) Handschr. liq̃s; JUBINAL liest: li quels.
　***) JUBINAL: frère.
　†) JUBINAL: hom.
　††) JUBINAL: dusques.
　†††) JUBINAL: planeté; GODEFROY, s. v. planece, korrigiert JUB.
　¹) JUBINAL: unes.
　²) Handschr. &.
　³) JUBINAL: compagnie.

hora sexta venisset, ceperunt turme
cantare simul dicentes: ,Deus misereatur
nostri'*) usque in finem, et: ,Deus in adjutorium (meum)'**),
et tertium psalmum: ,Credidi propter'***) et orationem
ut supra. Similiter ad horam nonam alios tres 5
psalmos: ,De profundis',†) ,Ecce quam bonum',††) et ,Lauda
Jerusalem'.†††) Ad vesperas: ,Te decet',[1]) ,Benedic anima
mea Domino',[2]) ,Domine meus'[3]) et tertium psalmum:
,Laudate pueri Dominum',[4]) et quindecim gradus cantabant
sedendo. [5]) Cum perfinissent illum cantum, statim obumbravit 10
illam insulam nubes mire claritatis. Illi (autem) non
poterant videre que antea viderant pre spis-
situdine nubis. Attamen audiebant voces can-
tantium predictum carmen sine intermissione usque ad vigilias matutinas, ad quas cantare ceperunt ,Laudate 15
Dominum de celis',[6]) deinde: ,Cantate Domino',[7]) tertium:
,Laudate Dominum in sanctis ejus'.[8]) Post hec cantabant duodecim psalmos per ordinem psalterii. At (vero) cum
dies illucesceret, discooperta est insula
de nube. Confestim tunc cantabant tres psalmos: ,Mise- 20
rere mei Deus', ,Deus meus', ,Domine refugium'.[9]) Ad tertiam
alios tres, id est: ,Omnes gentes',[10]) ,Deus in nomine',[11])
,Dilexi quoniam'[12]) cum ,Alleluja'. Deinde immolabant agnum immaculatum, et omnes ad communionem veniebant dicentes: ,Hoc sacrum corpus Domini et sanguinem 25
Salvatoris sumite vobis in vitam eternam'. (Itaque) finita immolatione agni, duo ex
turma juvenum portabant cophinum plenum de
scaltis purpureis et miserunt in navem dicentes: 'Sumite

---

*) Ps. 66, v. 2. **) Ps. 69, v. 2. ***) Ps. 115, v. 10.
†) Ps. 129, v. 1. ††) Ps. 132, v. 1. †††) Ps. 147, v. 12.
[1]) Ps. 64, v. 2. [2]) Ps. 102, v. 1 und Ps. 103, v. 1.
[3]) Ps. 7, v. 2 und Ps. 87, v. 2. [4]) Ps. 112, v. 1.
[5]) Juvinal, Cap. X: De sancto unguente ad Dominum.
[6]) Ps. 148, v. 1. [7]) Ps. 95, v. 1 und Ps. 97, v. 1.
[8]) Ps. 150, v. 1. [8]) Ps 50, v. 3 (55, v. 2 und 56, v. 2);
Ps. 62, v. 2; Ps. 89, v. 1.
[10]) Ps. 46, v. 2. [11]) Ps. 53, v. 3. [12]) Ps. 114, v. 1.

eure de miedi les compaignies toutes trois commenchierent
ensamble a canter et dire ceste saume · Deus misereatur
nostri · dusques en le*) fin et deus in adiutorium [262ᵣb]
et le tierche saume · Et credidi propter quod · et l'orison
si comme deuant · Aussi chanterent a nanne les autres trois 5
saumes De profundis**) · Ecce quam bonum et Lauda Ie-
rusalem dominum a vespres Te decet et benedic anima
mea dominum · Domine deus meus in te et le tierche saume ·
Laudate pueri dominum · et li xv · degre***) chantoient en
seant†) · ††)Quant il eurent fenie cele cantike esrant couuri 10
cele isle une nue de meruillable oscurte · si que chil ne
pooient vir les choses qu'il auoient deuant veu pour l'es-
pesse de le nue · Et nequedenques ooient le vois des chan-
tans le chanchon deuant dite sains nul arest dusques a l'eure de matines as quels†††) il commenchierent a chanter · Lau- 15
date dominum de celis · apries Cantate domino · le tierche
saume · Laudate dominum in sanctis eius · Apries chou chantoient · xii · saumes par l'ordene dou sautier · mais quant
li iours commencha a esclaircir li isle est descouuierte ¹)
de le nue · Errant apries chantoient trois saumes · Mi- 20
sereatur Deus deus meus domine refugium · A tierche les autres trois chou est · omnes gentes · Deus in nomine · Dilexi
quoniam ²) · et alleluia · Apries sacrefijerent ³) · i · aigniel blanc · Et tout venoient au communion et disoient ·
Chou est chi li sains cors nostre signour et li sans de no 25
sanueur · prende le a vous en uie parmenable · Quant li im-
molations de l'aigniel fu en tel maniere finee · doi de le
compaignie de jouenenchiaus portoient · i · cofin plain d'es-
calles vermelles et les misent en le nef et disent · Prendes

*) Jubinal: la.
**) Jubinal: profondis.
***) Jubinal hier zwei Wörter: de gré.
†) Jubinal: enseant in einem Worte.
††) Anfang eines neuen Stückes in der Handschr.
†††) Handschr. as qls; Jubinal: As quelles.
¹) Jubinal: descouverte.
²) Handschr. qm̄; Jubinal: quam.
³) Jubinal: sacreficiïerent.

5

de fructu insule virorum fortium et reddite nobis fratrem nostrum, et proficiscimini in pace'. Tunc sanctus Brendanus vocavit fratrem ad se, et ait: ,Osculare fratres tuos et vade cum illis qui te vocant. Bona hora concepit te mater tua, quia meruisti habitare cum tali congregatione'. — — — osculans (que) 5 eum vir sanctus — — — ait illi: ,Fili recordare quanta beneficia proposuit tibi Deus in hoc seculo.   Vade, ora pro nobis'! Protinus secutus est duos juvenes ad eorum scolas. Venerabilis (autem) pater cepit inde navigare. Cum (autem) hora prandii venisset, precepit (suis) 10 fratribus reficere corpora sua de scaltis. Ipse (vero) apprehensa una visaque ejus magnitudine, et quia succo esset plena, admiratus est et ait: ,Numquam

vidi nec legi scaltas
tante magnitudinis'. Erant (enim) equalis stature in mo-15 dum pile magne. Et,   accepto vasculo, expressit unam ex illis, attulitque de succo libram unam; quam in duodecim uncias divisit deditque unicuique singulam unciam sicque per duodecim dies refecerunt fratres de singulis scaltis,   tenentes semper in ore 20 saporem mellis.

16. *) Hiis (diebus) finitis, sanctus
pater precepit triduo jejunare.
    Quo transacto, ecce una avis grandissima volabat e regione navis tenens ramum cujusdam arboris igno-25 te habentem in summitate botrum magnum   mire rubicunditatis, quem (ramum) misit (de ore suo) in sinum sancti viri. (Tunc) sanctus pater vocavit fratres suos et ait: ,Sumite prandium quod Dominus misit nobis'. Erant (autem) uve illius sicut poma,   quas divisit vir Dei 30

---

*) Suchier, Cap. 17: Die Traubeninsel.
   Schirmer, Cap. 18: Die Traubeninsel.
   Zimmer, Cap. 16: Die traubeninsel.

dou fruit de l'isle des fors hommes et nous rendes no frere et en ales em pais · Dont apiela sains Brandains le frere
deuant dit a lni et dist Baise tous tes freres et va auoec
chiaus qui t'apielent A boinne eure te conchut te mere
quant tu as desierui a estre auoec tele assanlee Li sains 5
hom le baisa et dist Bials fils ramenbre toi com grant
bien dex t'a promis [262ᵛa] en cest*) siecle · Va t'ent et
prie pour nous Maintenant ensiui**) · ıı iouenenchiaus a
leur escole·†) · ††)Li sains peres commencha de la a nagier comme li eure de mangier fu venue il commanda les 10
freres a repaistre de ces fruis leur¹) cors · Quant il en
eut prise une et eat vene le grandeche il s'esmeruilla pour
chou qu'ele²) estoit plainne de ius et dist qu'il n'en a-
uoit onques nule veue ne n'en anoit coilloit onques tes fruis
de si grande quantite · Eles estoient d'iuel forme en ma- 15
niere d'un estnef grant et dont prist · ı · vaissiel et es-
pressa vne de celes et emprist une liure dou ius · Quant il
l'eut deuisee en xıı · onches · il en donna a chascun une
onche et en tel maniere se repaissoient li frere par · xıı ·
iors de chascune de ces fruis · Et auoient adies saueur de 20
miel en lor bouque.

16. Quant ces choses furent finees · li sains
peres commanda a iuner trois fies eu certains iours ·
Quant che fu passe dont vint uns oysiaus tresgrans et uo-
loit entor le nef et tenoit · ı · rain d'un arbre k'il ne con- 25
nissoit mie · et auoit ou soumeron · ı · grant bronchon d'une
meruilleuse rongeur · et se le laissa chair ou geron dou
saint homme · Li sains hom apiela ses freres et dist ·
Prendes le mangier que dex vous enuoie · Les crapes de cel
arbre estoient aussi comme³) punque · Li hom diu departi 30

*) JUBINAL: c'est.
**) JUBINAL: ensuii.
†) JUBINAL: escolle.
††) Anfang eines neuen Stückes in der Handschr.
¹) JUBINAL: leurs.
²) JUBINAL: qu'elle.
³) JUBINAL: comm.

fratribus per singulos.   Et ita habebant victum usque ad duodecimum diem. Hiis expletis (iterum)
cepit vir Dei habere predictum jejunium cum fratribus suis.
Tertia (denique) die viderunt insulam non longe ab illis
totam coopertam arboribus densissimis habentibus fructum   5
predictarum uvarum incredibili fertilitate;   ita
ut omnes arbores incurvate fuissent   usque ad
terram, unius fructus, unius coloris; nulla erat arbor
sterilis nullaque erat alterius generis in eadem insula.
Tunc fratres tenuerunt portum, vir (vero) Dei descendit 10
de navi et cepit circumire illam insulam; erat (autem)
illius odor sicut odor do-
mus plene malis punicis. Fratres adhuc expectabant
in navi donec ad eos vir Dei rediret.   Interim
flavit eis (ventus) odorem suavissimum ita 15
ut jejunium suum (etiam) temperare putarentur. At venerabilis
pater invenit sex fontes irriguos, herbis virentibus ac
diversis radicibus.   Post hec reversus ad fratres,
portans secum de primiciis insule, dixit il-
lis: ‚Exite de navi et figite tentorium et confor- 20
tamini de optimis fructibus terre istius quam Dominus
ostendit nobis‘. Ita (per quadraginta dies) refecti sunt uvis
et herbis ac radicibus (fontium). Post quod tempus ascenderunt
navem portantes secum de fructibus quantum poterat (navis
eorum portare).   25

17. *) Ascendentibus illis (porro) tendebatur velum
quo ventus dirigeret. Et cum navigassent,
apparuit illis avis que vocatur Griffa, vo-

---

*) Suchier, Cap. 18: Der Kampf der Vögel.
  Schirmer, Cap. 19: Kampf der Vögel.
  Zimmer, Cap. 17: Kampf der greifen.

a ses freres par crapes · et en tel maniere auoient leur uiure par · xiiii · iours · *)Quant ces choses furent aemplies ·
li sains hom commanda le june deuant dite**) a ses freres ·
Le tierch iour apries uirent vne isle ne mie lonc d'iaus
toute couuerte d'arbres tresespes qui auoient le fruit des 5
deuant dites crapes de plentiute nient creable en tel maniere que tout li arbre estoient crommbiiet***) dusques a
terre d'un fruit d'une couleur · Nus arbres n'estoit qui ne
portast fruit en cele isle · ne n'i auoit nul arbre d'autre
maniere · Dont†) prisent li frere port · Li hons din descendi 10
de le [262ᵛb] nef et commencha a auironner cele isle · Li
oudenrs de cele isle estoit aussi que li oudeurs d'une maison plainne de puns vermaus · Li frere atendoient dusch'a-
dont en le nef que li sains peres reuenist a iaus · Entre-
mentiers leur souffloit cele douche oudeurs en tel maniere 15
c'on quidast que leur june en fust atempree · Mais li sains
peres trouua · vi · fontainnes courans plainnes d'erbes et de
diuerses rachines · Apres††) ces choses reuint a ses freres
et aportoit anoec lui des fruis de cele isle et disoit a
iaus · Issies de le nef · fikies le tente et vous comfor- 20
tes†††) des tresboins fruis de ceste terre que nostre sires
nous¹) demoustre²) · Ensi estoient repeut des crapes et des
herbes et des rachines · Apries ·i· poi de tans entrerent
en lor nef et portoient anoec iaus des fruis quanques il
peurent.   25

17. Il monterent en le nef et laskierent les voiles
por chou que li vens les menast · et quant il eurent nagie
vns oysiaus lor apparut³) qui estoit apieles Grifons et vo-

---

*) *Anfang eines neuen Stückes in der Handschr.*
**) Jubinal: dit.
***) *Handschr.* c'ombijet.
†) Jubinal: ... manière, dont ...
††) Jubinal: Apriès.
†††) Jubinal: confortés.
¹) *Handschr.* uous; Jubinal: nous.
²) Jubinal: demonstre.
³) Jubinal: aparut.

litans contra illos. Cum hanc vidissent fratres, dicebant sancto patri: ‚Ad devorandum nos venit ista
bestia'. Quibus ait vir Dei: ‚Nolite
timere! Deus adjutor noster est qui defendet nos etiam
hac vice'. Illa extendit ungulas ad ser- 5
vos Dei capiendos. Et ecce, (subito) avis que illis altera die portaverat ramum cum fructibus, venit obviam grif-
fe rapidissimo volatu, et ambiguo eventu bellando confecta.
Tandem evulsis ejus oculis, superavit (atque interemit) e-
am, et cadaver ejus coram fratribus cecidit in mare. A- 10
vis (autem) victrix reversa est in locum suum. In
insula (vero) Ailbei celebraverunt natalem Domini.
Hiis finitis diebus, sanctus Bren-
danus accepta benedictione patris monasterii circuit (cum
fratribus) oceanum per multum tempus. (Tantummodo 15
vero) pascham et nativitatem Domini habebat in predictis
locis.

18. *)Quodam (vero) tempore, cum sanctus Brendanus
celebrasset sancti Petri festivitatem in sua navi, invenerunt mare tam clarum ut videre possent ea que subtus 20
erant. Viderunt (etenim) diversa bestiarum genera jacere
super harenam. Videbatur(quoque)illisquodpotuissent manu
tangere illas pre nimia claritate illius maris. Erant enim
quasi greges jacentes in pa-
scuis et pre multitudine tales videbantur sicut civitas 25

---

*) MORAN, Cap. X: Some wonders of the ocean.
SCHIRMER, Cap. 20: Fiſche im klaren Meere.
ZIMMER, Cap. 18: Das durchſichtige meer.

loit encontre iaus · Quant li frere l'eurent ueut*) il di-
soieut au saint pere · Ciste beste est uenue pour nous deuourer · .as q*ues***) il dist · Li hom***) diu · ne uous****)
cremes ia · dius est nos aidieres Qui *nous* desfendera maye-
ment a ceste fie · Mais cele estendoit ses ongles pour pren- 5
dre les siergans diu · †)Dont uint apries cis oysiaus qui lor
auoit aporte deuant le rain atout le fruit en̊contre le gri-
fon par cruel volement et se *com*batireut ensamble longhement · et nequedenques fu ele aueulie de ses iex et le vain-
qui · et li caroigne deuant les freres chai en le mer · Li 10
oysiaus qui auoit l'autre vaincue retorna en sen liu · En
l'isle celebroient les maisnies Albei le natiuite nostre si-
gnor††) · Ces choses faites en certains iors sains Brandains prist le beneichon dou [263ʳa] pere de l'abbeie et ala
entour le mer par moult†††) de tans · a le pasque et eu le na- 15
tiuite *nostre* signour estoit il es lius qni deuant sont
nomme.

18. ††††)Un iour auint ap*ries*¹) quant sains Brandains
faisoit le feste de saint Piere l'apostele en se nef k'il
trouuerent le mer si clere k'il pooient veir chou qui estoit 20
desous iaus · Il uirent diuerses manieres de bestes gisans
desous l'arainne · Il sauloit a iaus qu'il peussent prendre
ces bestes ou fous²) pour le grant clarte de le mer · car
eles estoient aussi *comme* fous³) de biestes gisans es pastures por le multitude et sauloit qu'eles peussent estre⁴) 25

---

in gyrum applicantes capita in posterioribus.
Rogabant fratres venerabilem
patrem ut cum silentio missam celebraret, ne bestie auditu
peregrino ad eos prosequendos concitarentur. Sanctus pater
subrisit atque dicebat illis: ‚Miror valde stultitiam vestram. 5
Cur timetis istas bestias, et non timuistis
omnium bestiarum maris devoratorem? Sedentes vos atque
psallentes multis vicibus in dorso ejus fuistis. Immo et
silvam scidistis et ignem accendistis et carnem coxistis. Cur
ergo timetis istas? Nonne Deus omnium bestiarum est dominus 10
(noster) qui potest humiliare omnia animantia‘. Cum hec
dixisset, cepit cantare quantum altius
potuit: ceteri (namque) fratres aspiciebant semper bestias.
Cum (autem) audissent bestie, levaverunt se et natabant
in circuitu navis, ita ut nichil aliud fratres 15
possent videre preter multitudinem natancium. Tamen
non appropinquabant navicule, sed
longe natabant huc atque illuc, donec vir Dei
finisset missam, se retinebant. Post hec
quasi fugiendo per diversas semitas oceani 20
a facie servorum Dei natabant. Vix itaque
per octo dies prospero vento et velis extensis potuerunt
mare clarum transmeare.

19. *)Quadam (vero) die cum celebrassent missas,
apparuit illis columpna in mari et non longe ab illis 25
videbatur; sed (tamen) non potuerunt ante tres dies attinge-
re illam. Cum (autem) appropinquassent, vir Dei asspiciebat
summitatem illius; tamen minime vi-
dere potuit eam pre altitudine, namque altior erat quam aer.

*) JUBINAL, Cap. XI: De calice cum patena invento.
SUCHIER, Cap. 19: Columna und Conopeum.
SCHIRMER, Cap. 21: Columna und Conopeum.
ZIMMER, Cap. 19: Columna und conopeum.

prises par de*) derier · Car elles s'estoient mises en ron-
deche aussi comme cites ronde · Li frere prioient le saint
pere k'il cantast le messe bas · que les bestes par l'estraine
oie ne fuissent esmeutes a iaus werijer · Sains Brandains
en sourist et dist a iaus · Ie m'esmerueil molt por vo sotie · 5
Pour coi cremes vous ces bestes · et si ne cremes mie le
denoureur de toutes les bestes · vous aues**) mainte***)
fie sis sour leur dos et chante · Maiement aues vous caupe
le bos et le fu alume et car quite†) sor leur dos · Pour
coi cremes vous donques ces bestes · Enn'est dex sires de 10
tout qui puet humeliier toute chose qui a arme   Quant il
eut chou dit il commencha a chanter au plus haut q'il††)
peut   Tout li autre frere rewardoient adies les bestes ·
Quant les bestes l'eurent oi elles se leuerent et nagoient
entour le mef en tel maniere que li frere ne peussent nule 15
autre chose veir fors le multitude des biestes noans · Et
n'aprochoient ne tant ne quant a le nef   Mais ains aloient
lonc en noant cha et la dusqu'adont que li hom diu†††) eut
finee se messe se retornoient · Apries chou nooient aussi
qu'en fuiant par diuerses voies de le mer et s'en aloient 20
[263ʳb] de deuant les siergans diu · A painnes peurent en tel
maniere par VIII iors a boin uent et a uoiles estendus
trespasser le clere mer.

19. ¹)Apries auint com il chantaissent messes · leur
apparut une coulombe en le mer et ne leur sanloit mie molt²) 25
lonc d'iaus · Mais il ne peurent cheli aproismier deuant
trois iors · Quant il uinrent pries li hom diu rewardoit
le soumeron de cele coulombe et nequedent ne le pooit re-
warder pour le hauteche · Car ele estoit plus haute de l'air ·

---

*) de ist von JUBINAL ausgelassen.
**) JUBINAL: avez.
***) JUBINAL: maintes.
†) JUBINAL: quité.
††) JUBINAL: qu'il.
†††) JCBINAL: Dieu.
¹) Auch in der Handschr. Anfang eines neuen Stückes.
²) JUBINAL: moult.

Porro cooperta erat tam raro conopeo, ut navis
posset transire per foramina illius. Ignora-
bant autem ex qua materia factus esset ipse conopeus. Habebat
(vero) colorem argenti,   et durior visus est illis quam marmor. Columpna (vero) de cristallo clarissimo erat. 5
At vir Dei ait fratribus: ,Mittite remiges intus in
navi, et arborem atque vela, et alii ex vobis teneant
fibulas conopei'.   Spatium (namque) magnum
tenebat predictus sagus a columpna quasi unius miliarii; et
ita extendebatur in profundum. Quo   10
facto ait ad illos vir Dei: ,Mittite navim intus
per aliquod foramen, ut videamus diligenter
magnalia creatoris nostri'. Cum (autem) foramen intrassent et asspexissent huc atque illuc, mare
apparuit illis vitreum pre claritate; ita ut o- 15
mnia que subtus erant possent videre.   Nam
bases columpne poterant considerare, et
summitatem conopei similiter jacentem in terra. Lux (vero)
solis non minor erat intus quam foris. Tunc sanctus
Brendanus mensurabat foramen unum inter quatuor conopeos 20
quatuor cubitis in omnem partem. Igitur navigabant totum
diem juxta unum latus illius columpne et semper umbram
solis et calorem (poterant sentire) usque ultra horam
nonam. Sic et ipse vir Dei mensurabat latus unum
mille quadragintis cubitis,   (et) mensura una 25
per quatuor latera illius columpna erat, sicque per quadri-
duum operatus est vir Dei. Quarto (vero) die invenerunt ca-
licem de genere conopei,   et patenam de
colore columpne contra austrum. Que (statim) vascula vir
sanctus apprehendit dicens: ,Dominus noster Jhesus Christus 30

mais elle estoit connerte de si petite connreture c'une nes*)
poroit passer par les traus de cheli · Et nequedent ne sauoient de quel matere cis cinceliers fust fais · Il auoit
le couleur d'argent et sanloit**) a chiaus k'il fust plus
durs de marbre   Li conlombe estoit de crestal trescler · 5
Mais li hom diu dist as freres   Metes les nauirons deuens
le nef et l'arbre et les voiles et li autre de vous tiegnent
les fliembres de che cinchelier · Li deuant dis cinceliers
tenoit vne grant espasse d'une liue de le coulombe · et en
tel maniere estoit il estendus en le mer parfont · Quant 10
chou fu fait li hom diu dist a iaus · Metes le nef deuens
par auchun trau pour chou que nous uoiens diligannment les
merueilles de no createur · Com il fuissent entre ens par
·ı· trau et il eussent rewarde cha et la · li mers de uoile
leur apparnt pour †) le clarte en tel maniere que toutes 15
les choses qui desous estoient pooient estre venes · Car li
fondemens de le conlombe pooit estre consideree · Et li
soumerons aussi cinceliers gisant en terre · Li lumiere dou
soleil n'estoit mie deuent menre que dehuers · Dont mesuroit sains Brandains ·ı· trau entre ·ıııı· cinceliers de 20
·ıııı· queutes ††) en toute partie · dont nauia par tout le
iour dales l'un [263ᵛa] coste de cele coulombe · et adies
l'onbre¹) dou soleil et le caurre dusqnes outre l'eure de
nonne · et en tel maniere mesuroit li hom diu l'un coste
de quarante mile ceutes²) · Li mesure estoit une par³) les 25
·ıııı· costes de celle coulombe · En tel maniere ouuroit li
hom diu par ·ıııı· iors · Au quart iour touuerent ·ı· calisse de le maniere dou cincelier · et le platine de le
couleur de le coulombe encontre le uent · Les ques vaissiaus
li hom diu prist et dist · Nostre sires⁴) dex ihu cris nous 30

---

*) J u b i n a l: c'unes poroit . . .
**) J u b i n a l: senloit.
†) *Handschr.* p͞; J u b i n a l *liest:* por.
††) *Handschr.* ·ıııı· q̄utes; J u b i n a l: ·ııı· quantes.
¹) *Handschr.* lōbre; J u b i n a l: l'ombre.
²) J u b i n a l: centes.
³) Handschr. *p barré;* J u b i n a l: por.
⁴) J u b i n a l: sire.

ostendit nobis hoc miraculum, ut ostendatur (multis)
ad credendum, mihique dedit ista bina munera'. Precepit vir
sanctus fratribus divinum officium peragere et postea
corpora reficere, (quia) nullum tedium habebant de cibo aut
potu, postquam illam columpnam viderant.   5

20. *)Transacta (itaque) nocte illa ceperunt navigare contra septentrionem.   Cum (autem) trans-
issent quoddam foramen, posuerunt arborem et vela in altum,
et alii ex fratribus tenuerunt fibulas conopei quousque
omnia preparassent in navi.   10
        Extensis (autem) velis cepit prosper ventus
post illos flare, ita ut non opus esset fratribus
navigare, sed tantum funiculos (et gubernaculum) tenere et
sic ferebantur per octo dies contra aquilonem.
**)Transactis (autem) diebus octo viderunt insulam valde 15
rusticam et saxosam atque scoriosam,
        sine arboribus et herba, plenam officinis fa-
brorum. Venerabilis (autem) pater ait fratribus suis: ,Vere,
fratres, angustia est michi de hac insula.   Nolo
in illam ire aut appropinquare illuc, sed ventus illuc 20
trahit nos (cursu recto)'. Ergo cum illi preterissent paulum,
quasi jactum lapidis,   audierunt sonitum fol-
lium sufflantium quasi tonitrua atque malleorum colli-
sionem contra ferrum et incudes.   Hiis
auditis venerabilis pater armavit se dominico tropheo 25
in quatuor partes dicens: ,Domine Jhesu Christe, libera
nos de hac insula'. Finito sermone viri Dei, ecce unus ex
habitatoribus (ejusdem insule) egressus est foras, quasi ad
opus aliquod peragendum: hispidus ille valde erat et igneus
        et tenebrosus. Cum (autem) vidisset famulos 30
Dei transire juxta insulam, reversus est in suam officinam.

*) Suchier, Cap. 20: Die Insel der Schmiede.
   Schirmer, Cap. 22: Insel der Schmiede.
   Zimmer, Cap. 20: Die insel der schmiede.
**) Moran, Cap. XI: A volcanic island.

demoustre ceste merueille pour chou qu'ele soit demoustree
a croire · et m'a donne ces · ii · dons · Li sains hom commanda a ses freres a parfaire l'ueure deuine et pries repaistre leur cors · Il n'auoient nul anui de uiande ne de
boire puis k'il eurent ueut cele coulombe.   5

20.   *)Quant il eurent cele nuit passee · il commenchierent a nagier contre septemtrion · Com il eurent trespasse · i · flueue il misent lor arbre et leur voiles en haut
et li autre tendoient les felimbres dou cincelier dusqu'a-
dont que toutes les choses fuissent eu le nef apparillies · 10
Quant il eurent tendus leur noiles boins vens commencha
a venter apries iaus eu tel maniere que mestiers ne leur
fu de nagier · Mais tant seulement de tenir les cordes et
eu tel maniere alerent par · viii · iors contre aquilonem ·
**)Quant cil iour furent passe · il virent vne isle molt 15
vilainne et molt perilleuse et plainne d'escume de fier ·
sains arbres et sains herbe · plainne d'offichiues de fe-
ures · Li honnerables peres dist a ses freres · Certes biau
frere i'ai auguoisse de ceste isle · Ie ne voloie mie aler
a cheli ne aprochier la †) · Mais li vens nous i [263ᵛb] 20
a trais · Dont auint entrues que cil passoient un petit
aussi que le giet d'une piere il oirent les sons des souf-
fles soufflans aussi que de tounoiles et le hurtement des
mailles contre le fier et les englumes · Quant il eurent
oies ces choses li sains peres s'arma de le victoire nostre ††) 25
signour en · iiii · parties et dist · Sire ibū cris deliure
nous de ceste isle · Quant li parolle ¹) de l'omme diu fu
finee · dont issi uns des habitans huers aussi que por parfaire auchune oeure · il estoit moult ²) hireceus et caus
a maniere de feu et oscurs · Comme il veist les sergans 30
diu passer dales l'isle · il retorna en son offechine · Li

---

*) *Auch in der Handschr. Anfang eines neuen Stückes.*
**) *Anfang eines neuen Stückes in der Handschr.*
†) JUBINAL: **jà.**
††) JUBINAL: **notre.**
¹) JUBINAL: **parole.**
²) *Handschr.* ml't; JUBINAL: **mult.**

Vir Dei iterum se armavit et ait fratribus: ,Filioli, tendite altius vela et simul navigate quantocius atque fugiamus istam insulam'. Quo audito, ecce predictus barbarus occurrit illis ad litus, portans forcipem in manibus et massam igneam de sco- 5
ria immense magnitudinis atque fervoris, quam super famulos Christi confestim jactavit, sed minime nocuit, transivit enim illos quasi spatium unius stadii ultra: (nam) ubi cecidit in mare, cepit fervere (mare) quasi ruina montis ignei (fuisset ibi), et ascendebat 10
fumus de mari sicut de clibano ignis. At (vero) vir Dei cum pertransisset quasi spatium unius miliarii ab illo loco ubi cecidit massa, omnes qui in illa insula erant cucurrerunt ad litus portantes singuli singulas massas.

Alii post famulos Christi jactabant massas 15 in mari: alter (super alterum) jactabat suam massam. Post hec omnes reversi ad officinas suas et incenderunt eas, et apparuit illa insula quasi tota ardens sicut unus globus, et mare estuabat sicut unus cacabus plenus carnibus quando bene ministratur ab igne, et audiebant 20 per totum diem ingentem ululatum: quando etiam non poterant videre illam insulam, ad aures eorum veniebant ululatus habitancium in ea, atque ad nares eorum ingens fetor. Tunc sanctus pater suos monachos confortabat dicens: ,O milites Christi, roboramini in fide non ficta 25 et in armis spiritualibus, quia sumus (modo) in confinibus inferorum. Propterea vigilate et agite viriliter'.

21. *) Altera (vero) die apparuit illis mons

---

*) JUBINAL, Cap. XII: De Juda traditore Domini.
MORAN, Cap. XII: Judas Iscariot.
SUCHIER, Cap. 21: Tob eines Mönches.
SCHIRMER, Cap. 23: Tob eines Mönches.
ZIMMER, Cap. 21: Die insel mit dem rauchenden berg und der tob eines mönches.

hom diu entrues s'armoit et dist a ses freres · Mi til tentes*) plus hant vos voiles et nauijes auoec tost et fuions
ceste isle · Quant il ent chou dit · dont vint li hons de deuant et vint encontre iaus an riunige et portoit une te-
nailes en ses mains et une masse vermelle de feu d'escu- 5
me de fier de molt grande grandeche et molt caude le quele
il ieta hasteement sour les siergans diu et ne lor nuisi**)
nient car elle les trespassa aussi que l'espasse d'une estage ou elle chai en le mer · Et commencha a escaufer aussi***) que li ruine de le montaigne de feu · Et montoit li 10
fumiere de le mer aussi que li fumiere d'un carefour · Mais
quant li hom diu eut trespasse l'espasse d'une liue de che
liu ou li masse chai · tout cil qui estoient en l'isle coururent au riuage et portoit chas[264ʳa]cuns une masse de
cele escume · Li antre ietoient leur masses apries †) les 15
siergans diu en le mer · Li antres le getoit se masse · A-
pries reuinrent tout a leur offechines et les alumerent · Et
cile ille apparut aussi que toute argans et ensi ††) c'uns
clotons de feu · et li mers escaufoit aussi c'uns cauderons
plains de char quant il est bien seruis dou feu · et ooient 20
par tout †††) le iour · I · grant uslement malement quant il ne
pooient veir l'isle · Li uslemens des habitans en cele isle
vint a leur oreilles et a leur narinnes vne pueurs molt
grande · Dont comfortoit ¹) li sains peres ses moignes et
disoit · Od vous cheualier diu euforchies vous en foi vraie 25
et es armes esperitueles · Car nous sommes es voisinetes
d'yufier · pour ²) chou vellies et faites hardiement.

21. ³) Un autre iour apries leur apparut vne mon-

*) *Handschr.* tétes; Jᴜʙɪɴᴀʟ: temtes.
**) Jᴜʙɪɴᴀʟ: *hier zwei Wörter:* nui si.
***) Jᴜʙɪɴᴀʟ: ausi.
†) Jᴜʙɪɴᴀʟ: masse après.
††) Jᴜʙɪɴᴀʟ: ainsi.
†††) Jᴜʙɪɴᴀʟ: partout *in einem Worte.*
¹) *Handschr.* cŏfortoit; Jᴜʙɪɴᴀʟ: cŏnfortoit.
²) *Handschr.* p̄; Jᴜʙɪɴᴀʟ: Por.
³) *Auch in der Handschr. Anfang eines neuen Stückes.*

altus in oceano contra septentrionalem (plagam) non longe,
sed quasi propter tenues nebulas,   et valde fumo-
sus erat in summitate. Et statim ... ventus traxit illos ad litus
ejusdem insule, usque dum navis   resedit   non
longe a terra.   Erat (namque) ripa illius magne 5
altitudinis, ita ut summitatem illius vix possent videre,
    et coloris carbonis et mi-
re rectitudinis sicut murus. Unus (quidem) qui remansit ex
illis tribus fratribus, qui secuti fuerant sanctum Brendanum
de suo monasterio exiliit foras de navi, et cepit ambulare 10
usque ad fundamentum ripe et cepit clamare dicens: ,Ve michi,
pater!   Predor a vobis et non habeo
potestatem venire ad vos'. Fratres confestim navim retro ducebant a terra et clamabant ad Dominum dicentes:
,Miserere nobis, Domine, miserere nobis'!   15
    At (vero) venerabilis pater quomodo ducebatur ille
infelix a multitudine demonum inspiciebat et quomodo in-
cendebatur ...: ,Ve tibi misero, quia recepisti vite tue talem
finem'. Iterum arripuit eos prosper ventus et cepit eos minare
ad australem (plagam). Cum (autem) aspexissent retro, 20
viderunt montem illius insule discoopertum a fumo,
flammamque spumantem ad ethera, et iterum ad se easdem
flammas respirantem, ita ut totus mons usque ad mare u-
nus rogus appareret.

    22. *)... cum (navigasset) contra meridiem iter septem 25
dierum, apparuit illis in mari quedam formula quasi hominis
sedentis supra petram et velum ante illum mensura
unius sacci pendens inter duas furcillas ferreas, et sic
agitabatur fluctibus   sicut navicula quando
periclitatur a turbine. Alii dicebant quod avis esset, 30
alii navim putabant.   Vir Dei

*) Suchier, Cap. 22: Judas.
    Schirmer, Cap. 24: Judas.
    Zimmer, Cap. 22: Judas.

taigne haute en le mer encontre septemtrion*) ne mie lonc ·
mais elle estoit aussi que par tenuenes nues et molt fumeu-
ses ou soumeron · Et maintenant les traist uns vens au riuage
de cele isle dusqu'adont que li nes se fu arriuee ne mie
lonc do le terre · Li riue de celle isle estoit d'une grande   5
hauteche en tel maniere qu'a painnes pooient veoir le soumeron de cele isle et les couleurs des carbons d'esmeruilleuse hauteche aussi *comme* uns murs · Vns des trois freres
qui remest qui'auoient siui saint Brandain**) do s'abbele
sailli huers de le nef et *commencha* a aler dusques au fon- 10
dement de le riue et commencha a crier et dist · He las
biaus peres i'ai grant dolour de *vous* de chou que ie n'ai
pooir de venir a vous · Li frere menerent esrant le nef arriere de le terre et crioient a nostre signor et disoient ·
Sire aies merchi de nous · Sire aies [264ʳb] merchi de nous · 15
Mais li sains peres disoit *comment* li maleureus estoit me-
nes de molt de dyables et veoit *comment* il estoit embra-
ses · Doleurs sera a ti en chou que tu rechois tele fin de
te vie · De rechief les prist uns boins vens et les mena
deuers miedi · Com†) il rewardaissent derriere iaus · il 20
virent le montaigne de cele isle descouuerte de le fumiere
et le flame esclarcissant a l'air et de rechief rechevoir
a li ces meismes flames en tel maniere que toute li montaigne dusques a le mer sanloit que che fust uns fus.

22. ††)Quant il eurent tres miedi le voie de · VII · 25
iors une forme aussi que d'un homme lor apparut qui seoit
sor¹) une piere et auoit · I · voile deuant lui a le mesure
d'un sac pendant entre · II · fourkes fierees et en tel maniere estoit demenes par les flueues que li nes quant elle est
perie par le vent · Li · I · cuidoient que che fust une nes 30
li autre cuidoient que che²) fust uns oysiaus Li hom diu

---

*) JUBINAL: septentrion.
**) JUBINAL: sains Brandains.
†) JUBINAL: Comme.
††) *Auch in der Handschr. Anfang eines neuen Stückes.*
¹) JUBINAL: sur.
²) JUBINAL: co.

respondit illis: ,Dimittite hanc contencionem, fratres; dirigite navem usque ad locum'. Cum vir Dei appropinquasset illuc, restiterunt unde in circuitu quasi coagulate et invenerunt hominem sedentem super petram hispidum ac deformem, et ex omni parte quando affluebant ad illum, percutiebant illum usque ad verticem. Quando (vero) recedebant, apparebat illa petra nuda in qua sedebat infelix ille. Pannum (quoque) qui pendebat ante illum (aliquando) ventus movebat percutiebatque eum per oculos et frontem. Interrogante (autem) beato viro quis esset aut pro qua culpa ibi esset missus,   quidque meruisset ut talem penitentiam sustineret, ait: ,Ego sum infelicissimus ille Judas, negociator pessimus. Non pro merito habeo istum locum, sed pro misericordia ineffabili Jhesu Christi. Non michi computatur penalis iste locus, sed pro indulgentia redemptoris et pro honore resurrectionis sue sancte'. Nam erat dies dominicus. ,Michi (enim) videtur, quando hic sedeo, quasi in paradiso deliciarum sim propter timorem tormentorum que ventura sunt michi in hac vespera: nam ardeo sicut massa plumbi liquefacta in olla die ac nocte, in medio montis quem vidistis: ibi est Leviatan cum suis satellitibus, ibi fui quando deglutivit fratrem vestrum; et ideo letabatur infernus et misit foras ingentes flammas, et sic facit semper quando animas impiorum devorat. Meum (vero) refrigerium habeo hic omni die dominica a vespera usque ad vesperam,   et a na-

5

10

15

20

25

respondi a iaus · Mi frere laissies ceste tenchon · Adre-
chies vo nef a che liu · Com li hom diu fust aprochies la *)
il **) aresterent entour aussi que en · 1 · mont et trouuerent
l'onme ***) seant sour le pierre hirecheneus et lait et de
toutes pars les eues quant elles acouroient a lui le feroi- 5
ent dusqu<i>e</i> ****) au hateriel · Quant elles s'en raloient cile
piere †) apparoit toute nue ou cis chaitis seoit · Le drap
que pendoit deuant chelui li vens le metoit en sus de lui ·
et le feroit parmi les iex et le front · Dont li demanda li
sains hom qui il estoit · et pour quel chose il estoit la 10
enuoies · et pour coi il l'auoit ††) desierui k'il soste-
noit tel penanche · Il dist ie sui †††) li tresmaleureus Iudas · li tresmaluais marchans · Ie n'ai mie che liu de de-
[264ᵛa]serte mais de le tresgrande misericorde de ihu crist ·
Cis lius ne m'est mie contes a penanche mais a le ††††) mise- 15
ricorde de diu et a l'ouneur de le resurrection nostre
signour · car il estoit dyemenches · Il me saule quant ie
siec ¹) chi que ie soie em paradis des delisses por le cremeur des tormens qui me sont a uenir en ceste vespree · car
iou arc aussi que li masse de plonc remise en le buire iour 20
et nuit enmi le mont‧igne que vous vees · La est li dyables et si sergant ²) ou ie fui quant iou englouti uo ³) frere · Et pour chou s'esleechoit infiers et mist huers grans
flames · et ensi fait adies quant il deuoure les armes ⁴)
des malfaiteurs · Iou ai men refroidement en tous les iors 25
de dyemenche dou matin dusques a le vespree et de le na-

---

*) Jubinal: jà.
**) Jubinal: ils.
***) Jubinal: l'omme.
****) Jubinal: dusques.
†) Jubinal: pierre.
††) l' ist von Jubinal ausgelassen.
†††) Jubinal: suis.
††††) Jubinal: la.
¹) Jubinal: siée.
²) Jubinal: sergans.
³) Jubinal: no.
⁴) Jubinal: ames.

tivitate Domini usque ad theophaniam et a pascha usque ad pentecostem et in purificatione beate Marie atque assumptione. Ceteris (autem) diebus crucior in profundo inferni cum Herode et Pilato, Anna et Caipha idcirco adjuro vos per re- 5 demptorem mundi, ut intercedere dignemini ad Dominum nostrum Jhesum Christum ut liceat michi hic esse usque ad ortum solis cras, ne me demones in adventu vestro crucient atque ducant ad malam hereditatem quam comparavi malo precio'. Cui vir sanctus ait: ,Fiat voluntas Domini. 10 (Hac nocte) non eris morsus a demonibus usque cras'. Iterum vir Dei interrogavit illum dicens: ,Quid sibi vult iste pannus'? (At) ille ait: ,Istum pannum dedi cuidam leproso quando fui camerarius Domini; sed quia meum non fuit, — nam Do- 15 mini et fratrum suorum erat, — ideo in eo habeo nullum refrigerium, sed magis impedimentum. Nam furcas (ferreas) in quibus pannus pendet, illas dedi sacerdotibus ad cacabos sustinendos. Petram (autem) in qua sedeo, illam misi in fossam in publica via, antequam 20 fuissem discipulus Domini. Cum (autem) vespera hora operuisset faciem Thetidis, ecce multitudo demonum vociferantium atque dicentium: ,Recede, vir Dei, a nobis, quia non possumus appropinquare ad socium nostrum, nisi ab illo recedas. Faciem (autem) 25 principis nostri videre non audemus, donec reddamus illi amicum suum. Tu (vero) redde nobis morsum nostrum et noli

tiuite nostre signour dusques a le tiephane · et de pasques
dusques a pentecouste et en le purification nostre dame et
en l'asumption · Tous les antres iours et toutes les autres
nuis sui iou tormentes en iufier anoec Herode et Pylate
Anna et Chaypha *) · Pour chou vous prie iou pour le racha-   5
teur dou monde que vous voellies **) prijer ***)pour mi ****)
a nostre signour ihū crist qu'il me laist chi estre dusqu'a
demain a la iornee que li anemi ne me tormentent en vo venue et mainnent au maluais yretage que i'ai achate par maluais loier · A lui dist li sains hom · Li volentes †) nostre 10
signour soit faite · Tu ne seras mie mors des dyables dusques a demain · Encore li demanda li hom din et dist · Quel
chose te nent ††) cis dras · il dist · ie donnai che drap a
· ı · mesiel quant †††) ie fui cambrelens men signeur · mais pour
chou que che ††††) n'estoit mie miens k'il ne fust aussi bien 15
nostre signor que les autres freres pour chou n'i ¹) ai iou
nul refroidement · mais anchois empeechement et les four-
qnes a coi il pent ie les donnai as prestres pour soustenir
le cau[264ᵛb]deron · le piere sour coi ie siech · Ie le
mis en vne fosse d'une commune voie denant chou que ie 20
fuisse desciples nostre signour · ²)Quant li eure de le vespree ent acouuert le fache de Theodis · dont uint vne assanlee d'anemis grant noise faisans et dist · Tu qui es
lions diu depar te de nous car nous ne poons aprochier a no
compaignon se tu ne te depars de lui · Nous n'osons rewar- 25
der le fache de no prinche deuant chou que nous li rendons
sen ami · Tu nous renges ³) no mors et ne le nous voel-

*) JUBINAL: Cayphs.
**) JUBINAL: voeillies.
***) JUBINAL: prier.
****) JUBINAL: mie.
†) JUBINAL: volontés.
††) *Auch* JUBINAL: veut; *Handschr.* ucut.
†††) JUBINAL: quand.
††††) JUBINAL: ce.
¹) ni *ist von* JUBINAL *ausgelassen.*
²) *Anfang eines neuen Stückes in der Handschr.*
³) JUBINAL: renge.

eum nobis tollere in hac nocte'.   Quibus ait vir Dei:
‚Non ego defendo eum, sed Dominus Jhesus Christus concessit ei hac nocte hic manere'.   Cui

aiunt demones: ‚Quomodo invocas nomen Domini
super illum cum ipse sit traditor ejus'? Qui-   5
bus vir Dei ait: ‚Precipio vobis in nomine Domini nostri
Jhesu Christi, ut nichil mali illi faciatis   usque
mane'.   Transacta itaque illa nocte,
primo mane cum vir Dei iter cepisset agere

        ecce infinita multitudo demonum cooperuit 10
faciem abyssi, emittentes diras voces atque dicentes: ‚O
vir Dei! maledictus ingressus tuus atque exitus tuus, quia
princeps noster hac nocte flagellavit nos verberibus pessimis,
eo quod non presentavimus ei istum maledictum captivum'!

Quibus vir Dei ait: ‚Non nobis sit ista maledictio, 15
sed vobis erit: nam cui maledicitis, ille est benedictus, et
cui benedicitis, ille est maledictus'.   Cui demones
responderunt: ‚Duplices sustinebit penas in istis sex diebus
infelix iste Judas, eo quod illum defendistis in hac nocte'.
Quibus venerabilis pater dixit: ‚Non habetis vos pote- 20
statem ullam nec princeps vester, quia potestas Dei erit'.
Iterum subjunxit: ‚Precipio vobis in nomine Domini (Jhesu
Christi), et principi vestro, ne istum extollatis amplius
cruciatibus quam antea'. Cui responderunt: ‚Numquid tu dominus es omnium ut tuis sermonibus obediamus'? Quibus vir Dei 25
ait: ‚Servus suus sum et quicquid in suo nomine precipio,
fit: inde habeo ministerium de quibus ille michi concedit'.   Et ita secuti sunt eum, donec avelleretur a Juda. Reversi sunt (quoque) demones et levaverunt
        infelicissimam animam inter se cum magno 30
impetu et ululatu.

lies *) mie toillir en ceste nuit · As ques li hons diu dist ·
Ie ne le vous desfent mie mais nostre sires ihū cris li
a preste ceste nuit pour demourer chi · Li dyable respondirent a lui · comment apieles tu le non nostre signour
pour lui *comme* il soit trahitres *nostre* **) signor · Dont 5
dist li hom diu · Ie vous commande ou *non* nostre signor
ihū crist que vous ne li faites nule chose de mal dusqu'a
le matin · Quant cele nuis fu en tel maniere trespassee a
le matinee quant li hons diu commencha a faire se voie ·
dont vint molt tresgrans multitude de dyables et couuri le 10
fache de l'abisme et metoient crueus vois et disoient · Od
tu hons diu · maudite soit te venue et te departie · car nos
priuches nous a batus en ceste nuit de tresmaluaise bature ·
Car nous ne li auons mie presente che chaitif maudit · Li
hons diu dist a iaus · Cile maleichons ne †) sera mie a nous 15
mais a vous · Car chius que vous maudissies il est benis et
chius que vous beneissies il est maudis · Dont disent li
dyable · Cis maleureus Yudas ††) soustenra doubles painnes
en ces · VI · iours · car vous l'aues desfendut en ceste nuit ·
Dont respondi li sains hom as dyables · Vous n'ares ¹) mie 20
cele poissanche ne vos prinches · Car li volentes diu ²) iert ·
Et dist encore · Ie uous *commande* ou non [265ʳa] nostre signour et a vo prinche que vous ne li acroissies ses tormens
plus que deuant · Dont li respondirent · Es tu sires de tous
que obeissons a tes *parolles* · Li hom diu dist a iaus · Ie 25
sui ³) siers de chelui *que* chou ki est *commande* en son non
soit fait et ai signourie de chou de chiaus qu'il m'a li-
uret · Et en tel maniere le siuirent dusch'adont k'il fu
departis de Iudas · Li dyable se retornerent et lauerent
leur maleureuse arme de doleur deuens iaus par grant 30
volente et de vrlement.

---

*) JUBINAL: voeillies.
**) JUBINAL: notre.
†) JUBINAL: me.
††) JUBINAL: Judas.
¹) JUBINAL: *schreibt:* narés.
²) diu *ist von* JUBINAL *ausgelassen.*
³) JUBINAL: suie.

23. *)Sanctus (Brendanus) navigavit contra meridia-
nam(plagam)glorificans Deum in omnibus. Tertia(autem)die
apparuit illis insula parva procul, ad quam, dum (fratres)
acrius navigare cepissent, ait vir sanctus: ,Viri fratres,
nolite supra vires fatigari. Septem (enim) anni sunt post- 5
quam egressi sumus de patria nostra usque in hoc pascha quod
venturum erit cito; nam modo videbitis Paulum (heremitam)
spiritualem in hac insula sine ullo victu corporali commoran-
tem per sexaginta annos; nam triginta annis antea sumpsit
cibum a quadam bestia. Cum(autem)appropinquassent ad li- 10
tus, minime potuerunt aditum invenire pre altitudine
ripe illius. Erat (autem) parva nimis et rotunda insula illa
quasi unius stadii.   In summitate illius nichil
terre, sed tantum nuda petra apparuit   in modum silicis.   Longitudo et latitudo [et al- 15
titudo] mensure equalis erat. Cum(autem)circuissent navigan-
do illam insulam, invenerunt portum tam strictum ut navis
proram vix capere posset. Vir (autem) Dei dixit fratribus:
,Expectate hic donec revertar ad vos,   quia vobis
non licet intrare sine licentia viri Dei qui commoratur 20
in hoc loco'. Cum (autem) venerabilis pater ad summitatem
illius insule venisset, vidit duas speluncas ostium contra ostium, in latere illius insule contra ortum solis
          ac fontem parvissimum rotundum in modum pa-
tule surgentem de petra ante ostium   25
          spelunce ubi miles Christi residebat. At ubi sur-
gebat predictus fons, statim petra sorbebat illum.
Sanctus(vero)Brendanus cum appropinquasset ad ostium unius
spelunce, de altera egressus est senex obviam illi dicens:

---

*) Jubinal, Cap. XIII: De quodam heremita.
  Moran, Cap. XIII: The rocky island of the holy hermit St. Paul.
  Suchier, Cap. 23: Paulus der Eremit.
  Schirmer, Cap. 25: Paulus der Eremit.
  Zimmer, Cap. 23: Paulus der eremit.

23. Li hom diu nagoit contre miedi et glorefioit
diu en toutes ses choses · *) Le tierch iour apries virent
vne isle petite lonc d'iaus · Com il se hastaissent de nagier aigrement a cheli · li sains hom dist · Biau frere ne
vous voellies **) mie lasser trop durement · vii · an ***) sont　5
que nous issimes de no †) pais a ceste pasque qui est tost a
uenir · car vous verres maintenant saint Pol esperituel eu
cest isle sans nul ††) uiure corporeil · Qui i a †††) demoure
par · lx · ans · Car · xxx · ans deuant prist il uiande d'une
beste · Comme li sains hom et si frere fuisseut venu au ri-　10
uage il ne pooient trouuer nule entree pour le hauteche de
le riue · Cele isle estoit moult ¹) petite et reonde aussi
que d'un estage · Ou soumeron de cele isle n'auoit nient de
terre · mais tant seulement i trouuerent une piere nue a maniere d'une roche · Li longhece li largeche ²) et li hau-　15
teche estoient iueles · Il alerent entour cele isle et trouuerent · i · port tant estroit que li corons de leur nef i peut
prendre a painnes entree · Li hom diu dist ³) a ses freres ·
atendes chi dusqu' a tant que reuenrai a vous · car il ne vous
i loist mie entrer sains le congie de l'omme diu qui demeure　20
en che liu · Quant li honerables peres fu uenus au soumeron
de cele isle [265ᵣb] il uit · ii · fosses l'une encontre contre l'autre entree ou coste de cele isle encontre orient ·
et vne fontainne trespetite et reonde eu maniere d'une pe-
le ronde qui uenoit de le piere qui estoit deuant l'uis de　25
le fosse ou li cheualiers ihū crist seoit · Mais ou li fontainne deuant dite se leuoit esrant le beuoit cille piere ·
Quant sains Brandains fu aprochies de l'uis de l'une de ces
fosses · de l'autre issi uns uiellars encontre lui et dist ·

---

　*) *Anfang eines neuen Stückes in der Handschr.*
　**) Jubinal: voeilliés.
　***) Jubinal: ans.
　†) Jubinal: nos.
　††) Jubinal: nus.
　†††) *So auch* Jubinal; *Handschr.* is.
　¹) Jubinal: mult.
　²) Jubinal: larghèce.
　³) Jubinal: dit.

‚(Ecce) quam bonum et quam jocundum habitare fratres in unum'!*) Cum(autem)hoc dixisset, precepit sancto Brendano ut omnes fratres suos evocaret de navi. Quod cum fecisset, osculatus est eos vir Dei,   et propriis nominibus (singulos) appellabat.   Quo audito mirati sunt valde 5 non solum de spiritu prophecie, verum (etiam) de suo habitu: erat enim totus coopertus capillis capitis sui ac barbe, et ceteris pilis usque ad pedes, ad instar nivis pre nimia senectute. Nichil (aliud) indumenti erat illi exceptis pilis qui egrediebantur de suo corpore. 10 At vero sanctus Brendanus cum hoc vidisset contristatus est intra se, dicens: ‚Ve michi quia porto habitum monasticum et sub me constituti sunt multi sub nomine istius ordinis, cum video hominem angelici status adhuc in carne sedentem, illesum a vitiis carnis'!   15 Cui vir Dei ait: ‚O venerabilis pater, quanta et qualia mirabilia ostendit Deus tibi, que nulli sanctorum patrum manifestavit, et tu dicis in corde tuo te non esse dignum portare monasticum habitum!   Tu es major quam monachus; monachus (namque) laborum manuum sua- 20 rum alitur et vestitur; Deus(autem)de suis secretis per septem annos pascit te cum tua familia, ego (autem) miser hic sedeo sicut avis in ista petra nudus, exceptis   pilis meis'.   Tunc sanctus Brendanus interrogavit de adventu ipsius in illum locum aut unde esset, vel quan- 25 to tempore sustinuisset talem vitam. (Cui) ille respondit: ‚Fui nutritus in monasterio sancti Patricii per quinquaginta annos et custodiebam cimeterium fratrum. Quadam (vero) die cum michi designasset locum sepulture meus decanus, ubi quidam sepeliretur defunctus, apparuit michi quidam senex ignotus 30 dixitque (michi): ‚Noli, frater, hic fossam facere, quia

*) *Vgl. S. 30 †††).*

Com bonne chose et com esbaniaule est les freres habiter en
un · Quant il eut chou dit il commanda a saint Brandain *)
k'il apielast tous ses freres de le nef · Quant il eut chou
fait li hom diu baisa tous les freres et les apiela par lor
propres nons · Le quel chose oïe il s'esmeruillierent molt 5
ne mie tant seulement de l'esperite de prophesie mais de
sen habit · Car il estoit conuers tous des chauiaus de sen
chief et de se barbe et des autres paus dusques as pies a
le sanlanche de blanque noif pour le grant vielleche · Il
n'auoit nule vesture fors paus qui issoient de sen cors· 10
mais sains Brandains quant il eut chou veut il se courecha
deuens lui et dist · Iou ai doleur de chou que ie porte habit de moigne et a mi sont commande molt d'omme sour le non
de cel ordene · Quant ie voi l'omme d'estat d'angele et encore est en char humainne nient corromput des visces de char· 15
Li hom diu li respondi · Od tu honerables peres quantes et
com faites t'a diex demoustre **) k'il ne manifesta onques a
nul des sains peres · Et tu dis en ten cuer que tu n'ies
mie dignes que tu portes l'abit de moigne · Tu ies plus
grans de moigne · Li moignes est norris de le labeur de ses 20
mains et en est vestus · Diex t'a peut par · VII · ans de ses
secres et viestu et te maisnie aussi · Iou chaitis siech chi
sour ceste piere nus aussi c'uns oysiaus fors †) chou que ie
sui vestus de mes [265ᵛ a] paus · Dont demanda sains Brandains
comment il estoit venus en cel liu et dont il estoit et par 25
quel tans il auoit soustenut tel vie · Il respondi · Ie sui
norris en l'abbeie saint Patrise par · l · ans et wardoit le
cimentiere ††) des freres · ¹)Un iour auint que mes doijens me
demoustra le liu d'une sepulture ou uns mors seroit enseue-
lis · Uns viellars m'aparut que ie ne connissoie mie et 30
dist · Ne uoellies ²) mie biau frere faire cele fosse chi · car

*) JUBINAL: sains Brandains.
**) JUBINAL: domonstré.
†) Handschr., wie auch JUBINAL, fons.
††) Handschr. cimetiere; JUB. liest: cimmetière, aber der ho-
rizontale Strich muss als über dem Vokale stehend betrachtet werden.
¹) Anfang eines neuen Stückes in der Handschr.
²) JUBINAL: voeilliés.

alterius est sepulchrum'. Cui dixi: ,Pater, qui es tu'? Qui ait: ,Cur me non cognoscis? Nonne tuus sum abbas'? Cui dixi: ,Sanctus Patricius est me- us abbas'. At ille respondit: ,Ego sum: heri (enim) migra- vi de hoc seculo, et iste est locus sepulture mee'. Designa- 5 vit(que) alium locum (dicens): ,Hic fratrem nostrum sepelies, et nulli dicas que ego dixi tibi. Cras proficiscere ad litus maris, et invenies ibi navem que te duces ad locum ubi ex- spectabis diem mortis tue'. Mane(vero)secundum preceptum sancti patris profectus sum (ad locum predictum), et inveni 10 sicut ipse michi predixit. Cum ascendissem navem, cepi navigare per tres dies et per tres noctes. Quibus trans- actis dimisi navem ubicumque ventus voluisset illam jactare. Porro septimo die apparuit michi ista petra, in quam intravi, atque pede percussi navem ut 15 iret unde venerat. Illa (autem) velo- cissimo cursu sulcabat undas rediens in patriam suam. Ego (vero) mansi hic. *) Primo (namque) die quo intravi huc, circa horam nonam, luter portavit michi ad prandendum piscem unum et fasciculum de graminibus ad fo- 20 cum faciendum inter suos anteriores pedes, ambulans super pe- dibus posterioribus. Cum posuisset ante me piscem et gramina, reversus est unde venerat. Ego vero silice ferro percusso, esca adhibita, feci ignem de graminibus et paravi michi cibum de illo pisce. Et ita per 25 triginta annos semper tertia die idem minister easdem escas attulit, id est unum piscem ad tres dies: et ita michi pe- nuria nulla fuit (et nulla inerat michi sitis), sed in die do- minica egrediebatur paxillum aque de ista petra unde po- tuissem sumere potum manusque lavare. Post triginta (vero) 30 annos inveni istas duas speluncas et istum fontem. Ab ip- so vivo per sexaginta annos sine nutrimento alterius cibi nisi de hoc fonte. Nonagenarius (etenim) sum in

*) Jubinal, Cap. XIV: De quadam bestia que ei cibum paravit.

chou est li fosse d'un autre · Ie dis a lui · Biaus peres *)
ki ies tu · Et il dist · Pour coi ne me connois tu · Enne
sui iou tes abbes · Ie respondi a lui · Sains Patrises est
mes abbes · Mais il dist · Ie sui sains Patrises · Ie tres-
passai ier de che siecle · Cis lius est de me sepulture · Il 5
me demoustra che liu · Chi enfouerai no frere et ne di a
nului chou que ie t'ai dit · demain iras au riuage de le
mer et tu i trouueras une nef qui te menra au liu ou tu at-
tenderas le iour de te mort · Iou alai a le matinee selonc
le commandement dou saint pere et ie le trouuai aussi qu'il 10
m'auoit dit · Quant ie fui entres en le nef ie commenchai
a nagier par trois iors et par trois nuis · Quant il furent trespasse ie laissai me nef ou li vens le uaut mener ·
Mais au sieptime **) iour ie trouuai ceste piere en le quele
iou entrai et laissai me nef et le feri de men piet pour 15
chou qu'elle s'en alast dont elle estoit venue · Cele tres-
passoit les ondes †) molt trestost et raloit en son pais ·
Et i'ai chi demoure dusques au iour d'ui · Le premier iour
que iou entrai chi vns loutres m'aporta a l'eure de nonne · I · pisson a mangier et vn fais de grains a faire le feu 20
entre ses · II · pies deuant et aloit sour les pies derriere ·
††)Quant il eut mis deuant mi le pisson et les grains il
rala dont il estoit uenus · et ie feri le piere [265ᵛb] d'un
fier et apparillai me uiande et fis le feu des grains et
apparillai me uiande dou piscon · et en tel maniere par 25
· XXX · ans cis siergans m'aportoit ces meismes uiandes
chou est par trois iors m'aportoit · I · piscon et nule chose ne me defailloit que ie uausisse auoir · mais au dyemenche issoit · I · pau d'iaue de cele piere de coi ie pooie
restraindre men soif et mes mains lauer · Apries · XXX · 30
ans trouuai iou ces · II · fosses et ceste fontainne · De li
vif iou sains par · lx · ans sains autre nourissement fors
de ceste fontainne · Nonante ans a passes que ie sui ¹)en

---

*) JUBINAL: père.
**) JUBINAL: septime.
†) JUBINAL: les onde.
††) *Anfang eines neuen Stückes in der Handschr.*
¹) JUBINAL: suis.

hac insula: triginta annos in victu piscium et sexaginta
in pastu illius fontis et quinquaginta fui
in patria mea. Omnes anni vite mee sunt centum quadraginta,
et hic debeo modo expectare diem judicii in carne ista.
Peragite igitur ad patriam vestram 5
et vobiscum asportate vascula plena de isto fonte.
Necesse (enim) vobis erit, quia adhuc restat vobis
iter per quadraginta dies usque in sabbatum pasche. Celebrabitis (vero) sabbatum sanctum et pascha atque dies (sanctos ejus) ubi celebrastis per sex annos; et postea accepta 10
benedictione procuratoris vestri proficiscemini
ad terram ,repromissionis sanctorum‘, et ibi manebitis
quadraginta dies; et post hec Deus vester reducet vos
ad terram nativitatis vestre.   *) Igitur accepta
benedictione viri Dei navigaverunt contra meridiem per 15
totam quadragesimam; navis(autem)huc atque illuc ferebatur,
et erat illis cibus aqua   quam acceperant ab insula
viri Dei. Per triduum (autem) reficiendo sine ulla esurie
et siti permanserunt omnes leti.   Tunc
venerunt ad insulam pristini procuratoris in sabbato 20
sancto. Ille (vero videns eos) occurrit eis in portu
cum gaudio magno omnesque levavit de navi propriis brachiis.
Peracto (vero) diei sancti officio apposuit illis cenam. Facto (jam) vespere ascen-
derunt navem et idem vir cum illis. Statim invenerunt 25
beluam in solito loco,   et ibi laudes Deo
cantaverunt tota nocte et missas mane. Finita (jam) missa
cepit Jasconius ire viam suam. Tunc cuncti fratres clamave-
runt ad Dominum dicentes: ,Exaudi nos Domine Deus noster.‘
Sanctus Brendanus confortabat fratres suos dicens: ,Noli- 30

---

*) Jubinal, Cap. XV: Quomodo invenerunt terram promissionis.
Moran, Cap. XIV: The Paradise of delights.
Schirmer, Cap. 26: Feier der Feste an den gewohnten Orten.

ceste isle · **xxx** · ans ai iou nescut de uiande de pisson et · lx ·
ans ai iou este ou past de ceste fontainne · et · l · ans fui
iou en mon pais · Tout li an de me vie sont de cent et · xl ·
ans · et d'ore en auant *) doi iou en ceste char atendre chi
le iour dou iugement · Ales vous ent ore en vo pais et 5
enportes **) auoec vous vos vaissiaus plains de ceste fontainne · Il vous sera bien besoins · Car il vous demeure encore
grant voie par · xl · iors dusques ou samedi de pasques · Vous
celeberres le saint samedi de pasques et le pasque et les
iors ou vous les celebrastes par · vi · ans · Et ι pries quant 10
vous ares rechut beneichon de no ***) procureur vous en ires
a le terre de le promission des sains · Et la demouerres
par · xl · iors · Et apries ces choses vos diex vous ramenra
sains a le terre †) de no pais · Adont quant il eut rechut
le beneichon de l'omme diu il nagoient contre miedi par 15
tout le quaresme · Li ne estoit menee cha et la et li iaue
estoit a iaus aussi que vi..nde qu'il auoient pris a l'isle
l'omme diu · Trestout li frere furent lie par trois iors
et soele sans nule defaute de boire et de mangier · ††)A-
pries vinrent a l'is'e dou deuant dit procureur au saint 20
samedi de pasques · Cins uint au port encontre [266ʳa] iaus
a grant ioie et les leuoit tous de le nef par leur †††) mains ·
Quant li offisces [1]) dou saint iour fu trespasses · il leur
mist une table pour souper et quant il fu aviespri il entrerent en le nef et cis hom auoec iaus · Dont trouuerent 25
une balainne ens ou liu acoustume ou il chantoient loenges
a diu toute nuit et messes a le matinee · Quant li messe fu
chantee Isconius commencha a aler se voie et tout li frere crioient a nostre signor et disoient · Sire dex oes nous ·
Sains Brandains comfortoit [2]) se freres et disoit · Ne voel- 30

---

*) JUBINAL *mit einem Worte:* dorenavant.
**) *Auch* JUBINAL *liest:* enportés: *Handschr.* eportes.
***) JUBINAL: no.
†) *Handschr.* l'rre; JUBINAL: terrre.
††) *Anfang eines neuen Stückes in der Handschr.*
†††) JUBINAL: leurs.
[1]) JUBINAL: offices.
[2]) *Handschr.* cōfortoit; JUBINAL: confortoit.

te formidare; nichil (enim) vobis erit mali, sed adjutorium
imminet itineris'. Belua (autem) recto cursu pervenit
ad litus insule avium ibique demorati sunt usque ad octavas pentecostes. Transacto (jam) tempore solemp-
nitatum, procurator qui cum illis erat 5
dixit sancto Brendano: ,Ascendite in naviculam et implete
utres de fonte isto. Ego (quoque) ero nunc socius
itineris vestri atque ductor, quia sine me non poteritis
invenire terram ,repromissionis sanctorum'. Ascendentibus
(autem) illis navem, omnes aves que in illa insula erant 10
quasi una voce dicebant: ,Prosperum iter faciat vobis Deus
salutarium nostrorum'.

24. *) Reversi sunt ad insulam procuratoris et ipse
cum illis, ibique sumpserunt dispendia quadraginta dierum:
procurator eorum antecedebat eos, iter eorum dirigens. 15
**) Transactis (vero) quadraginta diebus, vespere imminente
cooperuit eos caligo grandis, ita ut vix alter
alterum videre posset. Procurator dixit (sancto Brendano):
,Scis que est ista caligo'? Cui ait: ,Que
est'? Tunc ait ille: ,Ista caligo circumdat insulam istam 20
quam vos queritis per septem annos'. Post spatium (vero)
unius hore circumfulsit illos lux ingens et navis stetit ad litus. Exeuntes (autem) de navi viderunt terram
spaciosam et plenam arboribus pomiferis sicut in tempore
autumnali. Circumeuntes (autem) illam terram, nulla eis nox 25

*) Zimmer, Cap. 24: Besuch der terra repromissionis.
**) Suchier, Cap. 24: Die Terra repromissionis sanctorum.
Schirner, Cap. 27: Terra repromissionis sanctorum.

lies nient resoignier *) · vous n'ares nul mal mais li aiue
de vo voie vous apert · Li balainne vint par droite voie
au riuage **) de l'isle des oysiaus ou il demourerent dus·
ques as octaues de pentecouste · Quant li tans des sollemp-
nites ***) fu trespasses li procureres ki estoit auoec iaus   5
dist a saiut Brandain · Entres en le nef et emplissies les
bouchiaus de ceste fontainne · Ie serai ore li compains de
vo voie et li meneres ****) · *Quar sains mi ne porres vous*
trouuer le †) terre de le promission des sains · Dont monterent
en le nef et tout li oysiel qui estoieut en cele isle di- 10
soient aussi ch'à une vois · Nostre sires ††) dex · de nos
salus fache a chiaus boinne voie.

24. Il retornerent a l'isle de leur procureur et il a-
uoec iaus et prisent la le despens de · xl · iours · Leur procureres aloit deuant ians et adrechoit leur voie · †††) Quant 15
· xl · iour ††††) furent passe et che vint a le vespree une grans
oscurtes ¹) les acouuri en tel maniere que li uns pooit
a painnes veir l'autre · Leur procureres dist · Ses tu quele
oscurtes chou est chi · Sains Brandains dist · Quele est
ele · Dont dist chius · Ciste oscurtes auironne ceste isle · 20
Que vous queres [266ᵣb] par · vii · ans · Apries l'espasse
d'une eure les enlumina vne grans lumiere et li nes s'aresta au riuage · Dont issirent de le nef et virent une terre
grande et plainne d'arbres ²) portans puns aussi qu'en
iuin ³) · Il alerent parmi cele terre ne onques ⁴) n'eurent 25

---

   *) Jubinal: resoigner.
  **) Jubinal: rivaige.
 ***) Jubinal: solemp-nités; *Handschr. auch abtheilt so.*
****) Jubinal *schreibt:* menerós.
    †) Jubinal: la.
   ††) Jubinal: aire.
 †††) *Anfang eines neuen Stückes in der Handschr.*
††††) Jubinal: jours.
   ¹) Jubinal: oscurté.
   ²) Jubinal: d'arbre.
   ³) — ? — *Handschr.* q̄n wī; Jubinal: qu'an vuin.
   ⁴) Jubinal: oncques.

adfuit, sed lux lucebat ... Accipiebant tantum de pomis et de fontibus bibebant et ita per quadraginta dies perlustrabant terram illam, sed finem illius minime invenire potuerunt. Quadam(vero)die invenerunt quoddam magnum fluvium vergens per medium insule. Vir sanctus ait fratribus: ,Istud 5 flumen transire non possumus, et ignoramus magnitudinem terre istius'. Cum hec intra se volvissent, (ecce) juvenis occurrit illis obviam osculans illos cum magna leticia et singulos propriis nominibus appellabat atque dicebat: ,Beati qui habitant in domo tua Domine! In secula seculorum 10 laudabunt te'.*) Et cum hec dixisset, ait ad sanctum Brendanum: ,Ecce terram quam quesisti per multum tempus. Sed non potuisti invenire eam quia Deus voluit tibi ostendere diversa secreta sua in oceano magno. Revertere itaque ad terram nativitatis tue, sumens tecum de 15   fructibus istis et de gemmis quantum potest capere navis tua. Appropinquant enim dies peregrinationis tue ut dormias cum patribus sanctis. Post multa tempora declarabitur ista terra successoribus vestris, quando christianorum subvenerit tribulacio.   Istud flumen 20 quod videtis dividit hanc insulam, et sicut modo apparet vobis matura fructibus, ita omni tempore permanet sine ulla umbra, lux (enim) il-   lius Christus est'. Acceptis de fructibus terre illius et omnibus generibus gemmarum et dimisso pro- 25 curatore predicto et juvene, sanctus Brendanus naviculam ascendit et cepit navigare per caliginem.

25. **) Quam cum pertransissent, venerunt ad insulam que vocatur ,Deliciarum' ibique trium

---

*) Ps. 83, v. 5: ,Beati, qui habitant in domo tua, Domine: in sæcula sæculorum laudabunt te'.
**) Suchier, Cap. 25: Brendans Heimkehr nnd Tod.
    Schirmer, Cap. 28: Brendans Heimkehr und Tod.
    Zimmer, Cap. 25: Insel der freuden.

nuit mais iour adies · Si prendoient tant des puns et bu-
uoient des fontainnes · Et en tel maniere aloient par · xl ·
iors *par* cele terre · mais il ne pooient trouuer le fin de
cele isle · *) Un iour trouuerent · I · flueue *grant* venant
*par*mi l'isle · Li sains hom dist a ses freres · Nous ne po- 5
ons passer che flueue et ne sauons le grandeche de cele
terre · Com il pensaissent ces choses entr'iaus vns iouenenchiaus vint deuant iaus et les baisa a graut leeche et
apiela chascun *par* leur *propres* nons et dist · Sire beneoit
sout cil qui habitent en te maison · Il te loeront ou sie- 10
cle des siecles · Quant il eut chou dit il dist a saint
Brandain · Ves ichi le *terre* que tu as quis *par* lonc tans ·
mais tu ne le pues trouuer · car dex te valt demoustrer ses
diuers secres en le mer grande · Retorne t'ent en tel maniere a le *terre* ou tu fus nes et se prent auoec ti de 15
ces fruis **) & des pierres precieuses tant k'il em puet
entrer en te nef · Car li iour de ten pelerinage aproisment
que tu reposes auoec les sains peres · Apries molt de tans
sera demoustree ceste terre a tes successeurs quant elle
sera aidie †) par le tribulation des crestijens · Li flueues 20
que tu vois deuise ceste isle · Aussi *comme* elle apert
maintenant a uous ††) meure [1]) de fruit · En tel maniere est
elle en tous tans sains [2]) nule oscurte · li lumiere de cheli est ihū cris · Quant il eurent pris des fruis de cele
terre et des diuerses manieres de pierres et il [266ᵛa] 25
curent laissie lor procureur deuant dit et le iouenenchiel
sains Brandains monta en le nef et *commencha* a nagier *par*
l'oscurte.

25.   Comme il l'eurent trespassee · il [3]) uinrent a
l'isle qui est apiellee ille de delisces · Quant il i eu- 30

dierum hospitium peregerunt, sanctus Brendanus accepta benedictione recto itinere ad locum suum reversus est. *) Et
(postea) . . . dies vite sue finivit in pace.

Explicit vita sancti Brendani.

*) Zimmer *hat hier noch ein Schlusskapitel, 26* (= Schröder's
Ausgabe, S. 36, Z. 8 und flg.): Brendans beimkehr und tod.

[26.   Fratres autem illum gratulantis-
sime susceperunt glorificantes Deum qui tam amabilis illos
noluit patris aspectibus deprivari, cujus absentia tam diu
fuerant orbati. Tunc beatus vir predictus, karitati eorum
congratulans, narravit omnia que accidisse recordatus est
in via quantaque ei Dominus dignatus est miraculorum ostendere portenta. Postremo etiam velocitatem obitus illius
certa attestacione novit secundum juvenis predictum in ‚Terra repromissionis sanctorum‘, quot etiam rei probavit even-
tus, quia cunctis post se bene dispositis, parvo interja-
cente temporis intervallo, sacramentis munitus divinis inter manus discipulorum gloriose migravit ad Deum, cui est
honor et gloria in secula seculorum. Amen.]

Die Schlussredaction bei Jubinal *und* Moran *lautet:*

[Sanctus Brendanus accepta benedictione a patre
monasterii, recto itinere et Deo gubernatore pervenit ad
monasterium suum. Quem cum fratres vidissent, glori-
ficaverunt Deum pro recepto patrono, quibus enarravit
mirabilia Dei, que audierat et viderat. Et postea nonis
julii dies vite sue finivit in pace, regnante Domino nostro
Jhesu Christo, cujus regnum et imperium sine fine permanet in secula seculorum. Amen.]

(Betreffend diese verschiedenen Schlussredactionen vgl. C.
Steinweg, *op. cit., S. 11.)*

rent demoure par trois iors sains Brandains prist se beneichon et retorna arriere se voie a sen liu et la fina il
les iors de se vie em pais.   Amen.

Chi define de saint Brandain*) · et des merueilles k'il
trouua en le mer d'Irlande.   5

*) JUBINAL: sains Brandaine.